MANUAL DE UN HOMICIDIO

Gonçalo JN Dias

Título: Manual de un Homicidio

Título original: Manual de um Homicídio

Autor & Traductor: Gonçalo J. Nunes Dias

Revisión de texto: Unai Sasuain y Edurne Blas

1ª Edición: marzo de 2018

IBSN: 9781980418993

http://gjnd-books.blogspot.com.es/

Para: Leire H

Noticia retirada del periódico Cronista Lisboeta:

"Al última hora de la tarde de ayer, en el Alto de Colaride, fue encontrado un automóvil quemado con un cadáver carbonizado en su interior. Las autoridades fueron avisadas por un lugareño y acudieron de inmediato al terreno, apagando el pequeño incendio que aún perduraba en el interior del coche. Al cierre de esta edición, todavía no fue indicada la identidad de la víctima, ni el posible autor de este macabro incidente".

Todos los nombres utilizados son ficticios para no desvelar la verdadera identidad de las personas involucradas.

I Parte

Marina

I

Para contar mi versión de la historia, tendré que retroceder hasta el inicio de diciembre de 2016. Me encontraba en una fiesta de navidad de una escuela de educación primaria, donde un grupo de niños de cinco y seis años cantaba villancicos de una forma anárquica y arrítmica, algunos de los cuales estaban más interesados en hacer payasadas para el auditorio, compuesto en su inmensa mayoría por padres y abuelos. Éstos se reían y móvil en mano, grababan el momento para toda la eternidad. Seguramente que inundarían las redes sociales cuando llegaran a casa con fotos de sus hijos y típicas frases tóxicas como: "mis hijos son mi felicidad" o "cuando un hijo está feliz hay una madre tocando el cielo".

¿Y qué hacía yo, una mujer de 38 años, sin hijos, que no aprecia la navidad ni la compañía de niños, en este lugar? Acompañaba a Dora, una vieja amiga, que tenía uno de los hijos en el palco y el otro en su regazo, mientras contemplaban como su hermano cantaba y gesticulaba a la vez para su madre, que contestaba enviando besos con la mano; en ese momento pensé: ¿qué hago yo aquí? Había algo que faltaba en mi vida y no era un hijo. El hecho de que mi novio no pudiera tener hijos no era motivo de insatisfacción. Sentía que la culpa era mía, no conseguía ver la gracia a aquel tipo de actuaciones, mientras todos reían y disfrutaban. Esto era algo que también ocurría en otro tipo de situaciones similares, en las cuales yo simplemente me sentía descolocada, inadaptada.

Últimamente, para poder quedar con mis amigas de la adolescencia o de la universidad, siempre tenía que ser en lugares como éste, escuelas, parques o cafeterías apropiados para niños. Nuestras conversaciones habían cambiado; ya raramente hablábamos sobre nosotras, el tema central y casi exclusivo eran los críos. Qué comían, cómo dormían de mal, qué cara era la ropa de niños, el ruido que hacían constantemente y cómo echaban de menos el periodo en que tenían tiempo para ellas mismas. Cínicamente decían que me envidiaban, que yo sí tenía todo el tiempo del mundo para mí, por supuesto, sabía que ellas lo decían entre dientes, sin sentirlo realmente.

Sin tan siquiera darme cuenta, poco a poco, mis amistades fueron cambiando, conocí personas que como yo no tenían hijos, ya fuera por opción u obligación, con las que frecuentemente satirizaba sobre las familias tradicionales. Conscientemente, escogía en la playa un lugar alejado de los críos; miraba con impaciencia cuando algún niño berreaba en algún transporte público y negaba gentilmente coger los bebés de mis amigas, con la excusa de ser poco hábil.

Por lo tanto, el hecho de que Julio no pudiera ser padre no me produjo gran tristeza, jamás había sentido la llamada de la madre naturaleza para dar a luz, aunque sabía que, para él, suponía un duro golpe; no solo porque deseaba ser padre, sino también por prejuicios machistas que le hacían pensar que sería menos hombre que otro cualquiera. Tuvimos conocimiento de que él no podía concebir un hijo cuando teníamos poco más de 30 años, mientras todos nuestros amigos empezaban a tener su primer retoño. Más que por iniciativa propia, fuimos arrastrados por aquello que todos hacían en nuestra edad: centrarse y tener hijos. Después de diversas visitas a médicos y curanderos, aceptamos lo inevitable y entonces, Julio propuso la alternativa de adoptar un niño, la cual rehusé con total determinación.

El aniversario del fallecimiento de mi padre era otra de las razones de mi tristeza y nostalgia en esta época. Se cumplían ahora dos años de su muerte, y esa fecha me hacía recordar la agonía por la que pasó en sus últimos días. Las noches que estuve a su lado, mientras él se esforzaba, entre dolores y morfina, en hablarme de su vida, de sus victorias y derrotas, del orgullo que sentía por mí, de su impotencia y locura cuando murió mi único hermano y de la esperanza que tenía en que yo aún le diera un nieto.

Esa navidad, Julio había acordado con su madre y sus hermanas pasar la Nochebuena con ellas en su pueblo natal, Braga. Yo me había disculpado por no querer dejar sola a mi madre en este periodo tan delicado, por no hacer el viaje de casi 400 kilómetros, aunque en el fondo, el poder evitar las interminables preguntas, sugerencias y opiniones de mi suegra y cuñadas, fuera ya razón suficiente.

El estar separados en estas fechas, cada cual con su respectiva familia, era ya una señal clara de la crisis conyugal que atravesábamos, la crónica de una muerte anunciada. Julio y yo teníamos una relación de 13 años, que yo definiría de mutuo respeto, pero la rutina junto a nuestra falta de comunicación, la ausencia de aficiones en común y la inexistencia de iniciativa de Julio para llevar a cabo cualquier tarea doméstica, arrastró nuestra relación al borde de la ruptura.

Julio me había dado la estabilidad y serenidad que yo necesitaba a mis 25 años; e influyó positivamente en mi madurez como mujer y persona. Él dejó su pueblo natal y un buen empleo estatal para venir a vivir conmigo; comenzar de cero, en una ciudad grande y confusa, sin ningún amigo ni familiar. Era, sin duda, un hombre valiente. Me sentía en deuda con él por ese gesto tan romántico y elocuente.

Tal vez por ese motivo, aún no había reunido las fuerzas suficientes para terminar nuestra relación o simplemente estaba acomodada a la situación.

Retomando a mi vieja amiga, Dora, y sus dos pequeños hijos, me acuerdo de nuestros intentos fallidos para tener una charla civilizada y apetecible durante esa tarde, intentos que eran sistemáticamente interrumpidos. Aun así, decidimos quedar para hacer las compras de navidad el siguiente sábado. Desafortunadamente, ella no podría librarse de sus hijos y yo sabía que el desahogo de la angustia que llevaba dentro y necesitaba soltar, junto a los consejos de una buena y vieja amiga, no ocurriría durante el siguiente fin de semana.

II

Nos encontramos el sábado a media mañana, era un día invernal, con bastante viento y lluvia. Al igual que nosotras, muchas personas pensaron lo mismo y el centro comercial estaba abarrotado de gente. Era verdaderamente desagradable caminar en medio de aquella confusión, haciendo colas para todo y el barullo de las tiendas bombardeando música a un volumen altísimo.

Después de pasar toda la mañana de tienda en tienda, arrastrando a los dos niños con nosotras, decidimos comer e intentar tener una conversación tranquila. Sin embargo, eso resultó imposible una vez más y, en esta ocasión, ni siquiera fue culpa de los dos niños. Dora recibió una llamada de su madre, muy alterada, porque su abuela se había caído por las escaleras y estaba en el hospital. Por lo que me tuve que quedar allí, comiendo sola, en aquel inmenso centro comercial, pensado que tal vez fuera mejor así, ya que si yo le contase mis angustias a Dora, probablemente no fuera capaz de entenderlas. Habíamos sido las mejores amigas en la universidad, pero a cada una la vida le llevó por distintos derroteros y fuimos cambiando. Dora no entendería mi tristeza y amargura, estaba demasiado ocupada como para dedicar tiempo a esos sentimientos y posiblemente justificaría mi temperamento por mi falta de hijos o la muerte relativamente reciente de mi padre.

Mientras reflexionaba sobre aquello, observé que no muy lejos de mí, se encontraba un rostro conocido. Al principio no conseguí identificar de donde lo conocía, pero poco después, lo distinguí como mi compañero de trabajo, André Carvalho. Estaba junto a una ventana y enfrente se hallaba su hijo, los dos ya habían terminado su comida y ahora cada uno leía un libro. Me quedé durante algún tiempo vigilándolos como si fuera una espía y me pareció que los dos estaban en una burbuja, protegidos de todo el alboroto que había a su alrededor, mientras leían tranquilamente, comentaban algo rápidamente entre ellos y, a veces, André se quedaba con la mirada perdida, viendo como caía la lluvia.

No sabía mucho sobre André, solo que estaba casado, que tenía un único hijo, que trabajaba hacía más de quince años en nuestra empresa y que ahora era jefe comercial para el mercado asiático. Además, había pasado por otros mercados y siempre con relativo éxito, conocía bien la empresa y era una persona accesible, cordial y siempre dispuesta a ayudar. Había ciertos rumores sobre él que circulaban por los pasillos de la empresa, pero yo nunca les había dado importancia.

Yo trabajaba hacía ocho años en la misma empresa, Corkbo, una firma que se dedicaba a la comercialización y exportación de tapones de corcho para todo el mundo. Me encargaba de la contabilidad de la empresa y, honestamente, siempre me gustó mi trabajo, siempre fui una buena profesional en mi área. Las siete horas que pasaba de mi jornada laboral transcurrían rápidamente, me quedaba absorta entre números, tablas, facturas y el ambiente en nuestro departamento era bastante agradable; no había competitividad entre nosotros. Era un trabajo estable, relativamente mal remunerado, pero la empresa era seria, ambiciosa y yo me sentía parte del equipo.

Decidí levantarme e ir a saludarlos. No esperaba demorar mucho tiempo, un simple hola, conocer a su hijo e irme. Mientras me acercaba, tuve dudas de si debía tratarlo por tú o de usted.

- Hola, buenos días. – Dije yo.

André levantó su cabeza y sonrió.

- ¿Qué sorpresa, tú por aquí?

- Sí, parece que tuvimos la misma idea, aprovechar que está lloviendo y hacer las compras de navidad. – Apunté hacía sus bolsas y después levanté las mías para mostrárselas.

- ¿Eso que tienes ahí es un disco vinilo? - André apuntó el dedo hacía una de mis bolsas donde destacaba un disco de vinilo.

- Sí, así es.

- ¡De verdad! ¿Todavía se vende de eso? ¿Tienes un tocadiscos?

- Sí, lo heredé de mi padre y colecciono discos clásicos que me gustan.

- ¿Y se puede saber cuál es el clásico que tienes ahí? – preguntó él.

Retiré el disco de la bolsa y se lo mostré, era un regalo para mí misma y esperaba que él conociese el grupo.

- ¡The Doors! – Dijo con un aire intrigado. - ¿A ti te gusta este grupo?

- Sí, me gusta ¿y a ti?

- Sí, claro, fui gran fan de ellos en mi adolescencia, tenía todos los discos y libros de Jim Morrison, además, llevaba un casete de ellos en el coche de mi padre.

- Papá, ¿qué es un casete?

Fue la primera vez que oí a Marcos hablar, era un niño de siete u ocho años de edad, de piel morena, unos ojos grandes marrón oscuros y el pelo del mismo color. Un niño guapo, educado y que parecía curioso.

- Esa pregunta me hace sentir viejo. Un casete era un objeto que, en el milenio pasado, usábamos para oír música.

Todos reímos y André insistió para que yo me sentase con ellos, me presentó a su hijo, que me preguntó si me gustaba Tintín y cuál era mi aventura preferida.

- No esperaba para nada que te gustase este género de música, pensaba que ibas a sacar algún disco de Céline Dion o Barbara Streisand.

Se río con su típica sonrisa y mirada de pícaro, que me hizo también sonreír. André era un hombre de 41 años, alto, tal vez un poco más de 1,80m, delgado, pero con hombros y espaldas bien musculosas, tenía un tono de piel claro, una nariz un poco puntiaguda y unos ojos marrón-verdosos. Tenía el pelo fuerte, ondulado y canoso, corto, con dos o tres dedos de longitud. Poseía un gusto exquisito para la ropa, quería dar la idea de que vestía de un modo casual y cómodo, pero se notaba refinamiento y seguramente tardaba en escoger cada prenda del vestuario para cada ocasión.

- Oye, el hecho de que sea contable no quiere decir que tenga que ser aburrida.

- Te estaba tomando el pelo.

- Pues, déjame, ahora, intentar adivinar tus gustos musicales. Siendo tú un comercial cuarentón, sin querer ofender con la edad…

- No estoy ofendido, por favor, sigue, me parece que podrá ser muy interesante.

- Yo diría que te gusta despertarte por las mañanas con Van Halen, Bon

Jovi o Guns n' Roses. ¿A qué sí?

- Para que conste, considero un total desconocimiento musical mezclar Bon Jovi con Guns n' Roses. Los Guns son una de las mayores bandas de rock de todos los tiempos. Curiosamente, mis gustos musicales fueron mejorando a lo largo del tiempo, del rock psicodélico de The Doors pasé a un rock progresivo y ambientalista.

- ¿Rock progresivo y ambientalista? ¡Qué vocabulario tienes! ¿Eso qué quiere decir?

- Soy fan de grupos nórdicos, sobre todo de Islandia, Sigur Ros, Múm, Amina, entre otros.

- Eres muy raro. – Nos reímos un poco. – Creo que fuiste por el camino incorrecto.

Nos quedamos varias horas allí sentados, hablando sobre música y cine. Él era, al igual que yo, gran fan de Woody Allen y repasamos muchas de sus películas, chistes y escenas inolvidables.

Cuando decidimos partir, ya al final de la tarde, bajamos los tres juntos del tercer piso del centro comercial hasta la estación de metro, que se encontraba en la entrada del centro. Mientras nos dirigíamos al metro, Marcos me dio la mano y preguntó:

- ¿Vienes con nosotros?

- Sí, pero voy a bajar dos paradas antes que vosotros.

- Oh, qué lástima, ¿no quieres venir a cenar con nosotros?

Le estreché la mano y le dije en voz baja:

- Quizá otro día.

- Oye, Marcos, ya veo que te gusta. – Le dijo André, haciéndole una pequeña caricia en la cabeza del hijo. – Tienes buen gusto; es guapa y simpática.

André habló mirándome, con su mirada de pillo, penetrante y con una sonrisa de niño travieso. No sé si lo notó, pero me entró un calor sofocante y seguro que me sonrojé; me encantó el galanteo, hacía mucho tiempo que nadie me piropeaba. Entramos en los túneles del metro y sentimos el aire frío del viento golpeando en nuestras caras y, entonces,

Marcos cogió mi mano y la de su padre y empezó a correr, gritando y riendo. André le imitó, parecía que era como una tradición que tenían. Yo no pude quedarme atrás y al igual que ellos, empecé también a correr yendo de la mano de Marcos y riéndome a carcajadas. Aquel momento, quedó grabado en mi memoria: yo reía y gritaba con ellos, con el viento fuerte soplándonos en el rostro, totalmente ajenos a las personas que estaban a nuestro alrededor. Nos mirábamos a los ojos y veía que ellos, al igual que yo, estaban felices; verdaderamente felices, un sentimiento que hacía mucho que no sentía.

En el corto viaje del metro, André me prometió que prepararía un cd con música islandesa, mientras yo le aseguré hacer lo mismo, con la música que oía en la época. Nos despedimos con un "hasta el lunes", mientras Marcos me dio un pequeño abrazo y me preguntó cuándo me volvería a ver. Salí apenada de dejarlos, fue una tarde magnífica.

Desde el primer momento, me encantó estar con Marcos y el sentimiento de él hacía mí fue recíproco. Un niño dulce, cariñoso, risueño e inteligente, que no interrumpía frecuentemente a los adultos, no gritaba ni decía palabrotas; era exactamente lo opuesto a los sobrinos de mi marido. Una de las hermanas de Julio, pensando que estaríamos tristes por no poder tener hijos, o simplemente para librarse de sus hijos durante un tiempo, decidió enviar a sus dos retoños a pasar una semana con nosotros. La experiencia fue un verdadero fracaso. Los dos chicos se peleaban constantemente, discutían y se tiraban cosas. Desordenaron toda la casa y no respetaban ninguna orden que se les daba. En más de una ocasión, sentí vergüenza por el comportamiento de aquellos salvajes en plena calle. A Julio siempre le parecía que yo exageraba, pero la verdad es que él mismo se sintió aliviado, cuando se despidió de ellos en la estación de tren.

Cuando llegué a casa, tuve ganas de sentarme delante del ordenador y grabar un cd con mi música preferida para André, pero habíamos quedado en cenar con una pareja amiga de Julio y tuve que aplazar la grabación. La cena fue agradable, pero tengo el recuerdo de que Julio, me llamó la atención más de una vez porque estaba fumando demasiado y eso me irritó profundamente. Normalmente, no me gustaba que él me hiciera ningún reproche sobre mi vicio, pero, cuando lo hacía delante de otras personas, me dejaba malhumorada. Quizá fue por la estupenda tarde que tuve, o porque había conocido mejor a un compañero del trabajo, del que confieso que estaba un poco fascinada; pero la verdad es que empecé a mirar a Julio de un modo diferente, a encontrarle defectos que anteriormente no me habían ocasionado tanta molestia.

El domingo, grabé el cd, pero, por orgullo y vanidad femenina, solo se lo entregaría en caso de que él también hubiera hecho uno y me lo ofreciera primero. El lunes, antes de ir a trabajar, decidí arreglarme un poco más de lo que hacía habitualmente. Siempre me consideré una mujer vanidosa y de gusto exquisito con el vestuario, pero al mismo tiempo, siempre preferí llevar ropa cómoda y poco llamativa. Ese día, fui un poco más elegante y maquillada, cosa que raramente hacía. Antes de salir de casa, esperé algún elogio por parte de Julio por la manera en cómo iba vestida, pero eso no sucedió, lo que me hizo pensar que hacía muchísimo tiempo que él no me dirigía ningún tipo de piropo o incluso que ni me miraba como mujer, sino como una compañera de piso.

La empresa donde trabajábamos se ubicaba en la zona oriental de Lisboa, en un edificio de varias plantas, donde ocupábamos los dos primeros pisos. En la planta baja, quedaba la parte administrativa, la sala de reuniones y la recepción, mientras que, en el piso superior, estaban los comerciales y la gerencia. Éramos alrededor de 30 trabajadores, aunque la empresa tuviese otra sucursal, en el norte del país, con más de 20 o 30 operarios. Nosotros, los de Lisboa, trabajábamos sobre todo la parte comercial y burocrática del negocio, mientras los norteños operaban más bien con la materia prima, el corcho, convirtiéndolo en tapón. Ese lunes, apenas le vi. André trabajaba en la planta superior, mientras que yo estaba en la de abajo. Podríamos pasar un mes sin necesidad de hablar el uno con el otro y muchas veces dialogábamos por teléfono interno: alguna duda sobre determinada factura o cómo justificar algunos ingresos o gastos en efectivo. Le vi cuando iba a comer, mi escritorio estaba cerca de una ventana y podía ver, entre persianas, quién entraba y salía del edifico. Ese día, observé que André, junto a dos vendedores más, salían a comer, algo absolutamente normal, ya que él siempre comía en un restaurante cercano, pero lo que me molestó fue el hecho de que unos de los comerciales que le acompañaban fuera Natacha.

Natacha era una vendedora para el este de Europa, que había llegado a Portugal en el inicio de la década de 90, con solo seis años de edad y acompañada por sus progenitores; cuando se dio el auge de inmigración ucraniana en nuestro país. Hablaba portugués con acento lisboeta y aun se defendía en ruso, ucraniano y rumano. Tenía poco más de 1,65m, pero parecía ser más alta, dado que siempre llevaba zapatos de tacón alto, era delgada y vestía siempre ropa ajustada y un poco provocativa. En verano, venía frecuentemente con minifalda y con un tono de piel exageradamente moreno. Poseía un pelo castaño claro hasta los hombros y un bello color de piel, siempre brillante, que contrastaba con unos llamativos ojos azules. Era, sin duda, una mujer atractiva, que sabía cómo provocar y jugar con los hombres. En poco tiempo, subió en la empresa como pocos comerciales lo habían hecho y uno de los rumores que circulaba era que se había acostado con algunos jefes, incluido André. Hace cuatro o cinco años, cuando oí ese cotilleo, no le di ninguna importancia ni tuve ningún interés en los detalles, pero aquel lunes, me sentí mal al recordarlo. Pensé que, posiblemente, André elogiaba y galanteaba a cualquier mujer, como buen vendedor que era y me sentí ridícula por haberme arreglado y maquillado con la ilusión de encontrármelo ese día. Decidí olvidar el tema, probablemente no tendría que cruzarme con él tan pronto, no le necesitaba, ni quería complicarme la vida.

Por lo tanto, el martes, decidí ir exactamente de forma opuesta a como lo haría Natacha. Fui con ropa ancha y cómoda, playeras y sin maquillarme. A media mañana, estaba cabizbaja organizando facturas de un banco, cuando oí un pequeño sonido metálico en mi mesa. Miré hacia arriba y vi a André con una larga sonrisa en sus labios, vestido elegantemente, entregándome un cd.

- Tal y como habíamos quedado, aquí te dejo un cd con música islandesa y algo más, pero casi toda la música es del norte de Europa.

- ¡Qué sorpresa! Gracias.

- ¿Hiciste uno para mí? – Preguntó André.

Mi madre siempre me decía que una mujer tiene que ser un poco difícil, no servirlo todo en bandeja de plata; a los hombres les gusta sentirse cazadores, depredadores.

- Todavía no he tenido tiempo, perdona, te prometo que esta semana te lo traigo.

La verdad es que tenía el cd guardado en un cajón de mi escritorio.

- Vale, no pasa nada. – Se dio un silencio que llegó a ser un poco incómodo, intenté encontrar algún tema, pero solo me salió algo como:

- Pero a ti, como jefe comercial del mercado oriental, ¿no te debería gustar la música japonesa o china? – ¡Por dios! Qué tonta, estaba nerviosa e intenté ser graciosa y me salió esto.

- Llevo cuatro años estudiando chino y me siento un imbécil cuando intento decir alguna frase con un cliente o en algún restaurante o tienda china, creo que le he cogido ya manía al idioma. – Dijo con una sonrisa encantadora y se alejó.

Me quedé unos minutos digiriendo nuestra conversación, noté que tenía mis pulsaciones más aceleradas de lo normal y mis manos estaban un poco sudorosas, ¿cómo era posible quedarme en este estado por un compañero con el que llevaba ocho años trabajando? Por mucho que intentase racionalizar y convencerme de que era un hombre casado, con un hijo y yo con una relación de mucho tiempo, había algo no racional que no me dejaba pensar claro. ¿Pero qué era lo que yo quería realmente? Tal vez sólo un pequeño juego de seducción, quizá sentirme de nuevo una mujer con la capacidad de seducir un hombre atractivo y culto como André.

Esperé hasta el jueves por la tarde para subir a la planta de arriba y entregar el cd que había preparado, llevé algunas facturas con la excusa de que necesitaba su ayuda para aclarar dudas. Iba un poco nerviosa, él podría estar ajetreado con trabajo y no poder hacerme caso o incluso estar reunido con el gerente. Intenté ser discreta y abordarle de un modo elegante y casual, sin intención de llamar la atención. El piso superior era un gran espacio abierto, con más de diez mesas colocadas en dos filas, todas ellas direccionadas hacia la gerencia, que habitualmente tenía la amplia puerta abierta. El escritorio de André estaba al final de una de las filas. Él estaba concentrado, mirando una de las dos pantallas que tenía delante, con gafas y con la mano izquierda entre la barbilla y la nariz. Me acerqué por detrás, para que no se enterase y, cuando estaba a solo un metro de distancia, le dije:

- ¿El caballero tiene un minuto para mí?

Se giró en su silla y sonrió.

- Por supuesto que sí, doña Marina, para usted siempre estoy disponible. – Se echó una pequeña carcajada y retiró su maletín que estaba ocupando la silla que tenía a su lado, y me hizo una señal para que yo me sentara. – Espero que vengas a traerme el cd, porque más problemas con cuentas, recibos y facturas no quiero.

- Sí, te he traído el cd, pero también unas cuantas facturas para aclarar unas dudas.

- Siento más curiosidad por el cd. ¿A ver, qué me has traído?

- Música islandesa no vas a encontrar, pero hay música inglesa, portuguesa y brasileña.

- Dime que no es ni kizomba ni samba.

- No, no te preocupes, tengo buen gusto, o así creo yo, hay algo de bossa nova y fado.

Después de repasar las facturas y antes de volver a mi planta, le pregunté:

- ¿Qué tal está Marcos?

- Bien, preguntó por ti. – Sonrió y siguió. – Le prometí que te invitaría a nuestro paseo del sábado.

- Ah, sí, ¿y qué paseo es ese?

- Los dos iremos a andar en bici por el Parque de las Naciones, comeremos por ahí, eso si no llueve otra vez.

- No sé, me lo tendré que pensar.

- Venga, anímate, te pagaremos la comida, ¿o es que no sabes andar en bici?

- Sí, sé perfectamente, pero tendré que consultar mi agenda. Te lo diré mañana.

A nuestro alrededor, nadie parecía darse cuenta de nuestra conversación, la mayoría hablaba por teléfono y miraba fijamente la pantalla del ordenador. Al salir de la sala, pasé por la mesa de Natacha; llevaba un vestido rojo hasta las rodillas, elegante y llamativo, dialogaba por teléfono en un idioma que no pude identificar.

Confirmé mi asistencia al paseo de bicicleta por medio de un mensaje de teléfono, le puse como excusa a Julio que iba a pasar el día con unas amigas haciendo compras natalicias, a lo que él me contestó con un simple "aprovecha".

Llegué casi al final de la mañana al Parque de las Naciones, tuve que pasarme por la casa de mi madre a buscar mi vieja bicicleta, que estaba en el trastero; tenía las ruedas deshinchadas y, como no encontré una bomba de aire, tuve que ir hasta la gasolinera más cercana, para hinchar los malditos neumáticos. Llamé a André para saber dónde estaban y quedamos junto al Oceanario. Llegué primero, y tuve que esperar un rato hasta que ellos aparecieron. No llovía y el cielo estaba despejado, aunque hacía bastante frío y había una brisa fresca, proveniente del estuario del Río Tajo. Marcos quedó radiante en cuanto me vio y bajó de la bicicleta para darme dos besos y un abrazo, mientras André, no pudo esconder su satisfacción al verme, pero en su estilo burlón dijo:

- ¿De dónde has sacado esa bici, de la II Guerra Mundial?

- ¡Que exagerado eres, de verdad! Tendrá unos 20 años.

- Eso es una reliquia, podría valer una fortuna en alguna feria medieval. – Dijo él, sin contener la risa.

Pedaleamos un poco y, cuando Marcos se quejó de que tenía hambre, paramos y entramos en un elegante restaurante con vistas al Tajo. Era un lugar agradable, con sillas cómodas y música suave y relajante para poder disfrutar de la tranquilidad del río, de la danza de las gaviotas y del vaivén de los pocos barcos que cruzaban el Tajo.

- ¿Soléis venir aquí?

- Sí, cuando no llueve siempre damos un paseo por algún parque. Todos los sábados hacemos planes los dos juntos, mi mujer trabaja siempre los sábados.

- A mi madre no le gusta andar en bici. – Dijo Marcos.

- Ni los parques. – Confirmó André. – Es demasiado urbanita, el verde, los pájaros y la naturaleza en general es excesivamente aburrido para ella.

- Pero le gusta la playa, y la playa también es naturaleza, ¿verdad, papá?

- Sí, tienes razón, la playa también es naturaleza, aunque le guste la playa sólo para poder estar bronceada. Curiosamente, en eso somos totalmente diferentes, nunca me gustó mucho la playa y ahora que ya entré en los 40, aún menos, me parece una autentica pérdida de tiempo, pasar los días tumbados al sol.

- Entonces, no os resultará fácil elegir a qué sitio ir de vacaciones. – Dije yo con una sonrisa irónica.

- Realmente, no lo es. Sofía siempre busca un lugar con playa o algún hotel con una gran piscina. Yo prefiero conocer algún país o ciudad, por lo que, siempre tenemos que ceder un poco.

- Pues, mi situación tampoco es fácil. Julio es de Braga y profesor de inglés, así que él solo me da dos opciones: o su tierra natal o algún país de habla inglesa, para que él pueda practicar y demostrar lo bien que domina el idioma.

- ¿Y tú hablas bien inglés?

- Yo creo que me apaño bien, pero Julio dice que no y rara vez tengo la oportunidad de intentarlo.

- Pues tengo una gran idea, en las próximas vacaciones, ellos dos, Julio y Sofía, podrán ir juntos a un sitio donde se hable inglés y con playa.

- Excelente idea. – Nos reímos. Marcos miraba distraído a las pequeñas olas del Río Tajo. – Pero Julio está tan obsesionado con la cultura anglosajona que solo ve películas y series en inglés y únicamente le gusta la música inglesa.

- ¿De verdad? Me parece ridículo eso, un nativo que no aprecia su propia cultura, mejor que se vaya del país. Ya me cae fatal tu marido.

Fue, sin lugar a dudas, muy agradable hablar mal de nuestras parejas, mientras comíamos un riquísimo pulpo acompañado de un vino verde exquisito. No me apetecía salir de aquel lugar.

- El próximo viernes, será la cena de navidad de la empresa, tú no sueles ir, ¿verdad?

- No, hace años que no voy. Siempre terminaba por sentarme junto a los comerciales y acabábamos discutiendo sobre los negocios de la empresa. Llegaba a casa bebido y cabreado.

- ¿Y por qué, en esta ocasión, no te sientas junto a nosotras, las contables y administrativas? Mira que a veces somos muy divertidas.

- No lo sé, solo pensar en ir y me entra una pereza, una especie de alergia…

Se hizo una pausa y, pasado un momento, André paró de comer, me miró a los ojos y me dijo:

- Iré con una condición. Si antes de la cena quedamos los dos para tomarnos unas cervezas.

No era una invitación ingenua ni amistosa, estaba claro que en su mirada tan directa y penetrante había una segunda intención. Me quedé un poco perturbada, desvié la mirada y observé que Marcos comía despreocupadamente, sin entender lo que pasaba.

- Acepto la invitación, ¿pero podría ser otra bebida que no fuera cerveza?

- De acuerdo, podrá ser otra bebida, pero tiene que ser alcohólica.

- ¿Intentarás emborracharme?

- Sí… y algo más.

Y soltó aquella carcajada que tanto me encantaba, junto a su mirada llena de malicia.

III

Durante esa semana, no hablamos y apenas nos cruzamos miradas a lo lejos, hasta que el jueves, él me envió un mensaje por teléfono indicándome la hora y lugar para beber unas cervezas antes de la cena. Le contesté con un "ahí estaré, hasta mañana".

Dormí mal a lo largo de toda la semana, principalmente el jueves por la noche. Realmente me sentía mal por andar jugando con otro hombre ¿pero por qué lo hacía? Acabé mintiendo a Julio, diciéndole que, al día siguiente, después de la cena de empresa, iba a dormir en casa de una compañera de trabajo para no tener que llevar el coche. Me sentí sucia, una persona egoísta y ruin; Julio no merecía esas mentiras, siempre me había tratado bien y aunque nuestra relación estuviera en ruinas, él merecía que el final fuera, por lo menos, digno. ¿Y qué era lo que me atraía de André? Él, ciertamente, ya debía haber engañado a su mujer varias veces, seguro que quería acostarse conmigo y después presumir delante de sus colegas comerciales. O quizá, querría huir de la rutina y yo era una presa fácil. Uno de los cotilleos que circulaban en los pasillos de nuestra firma era que André llevaba a burdeles a nuestros clientes extranjeros y también a los productores de corcho nacional, para que ellos no tuviesen dudas en elegir nuestra empresa y se quedasen con un buen recuerdo de la misma.

El viernes, después de haber llegado a casa, me preparé para la cena, me despedí de Julio, que al día siguiente, partiría hacia Braga, a pasar la navidad junto a su familia. Salí elegante, maquillada y perfumada, pero con la convicción de que no iba a suceder nada, que no iba a permitir que André estropease una relación de mutua confianza de trece años. Quizá Julio y yo solo pasábamos una mala racha. Podría beber unas cervezas, reír un poco, hablar de música y arte, pero esa noche quería volver a casa y dar una agradable sorpresa a Julio.

Tardé un poco en hallar el bar donde habíamos quedado. Cuando finalmente llegué, André ya se encontraba junto a la barra, bebiendo un cóctel. Estaba vestido de negro, jersey de cuello alto, muy esbelto, pero, a la vez, jovial y relajado. El bar parecía normal, pero, en un rincón, tenía una inmensa colección de vinilos, no pude dejar de sonreír y supe entonces el porqué de la elección de aquel lugar, y si no fuera suficiente, André hizo una señal al camarero y éste hizo sonar *when you're strange* de The Doors.

- ¡Madre mía! Eres un crack. – Le dije riéndome. – Tenías que traerme a este bar. ¡Qué gran vendedor!

André también se rió, feliz, mientras seguía la música, cantando bajito. Sacó del bolsillo un paquete de tabaco y encendió un cigarro; sería de los pocos bares donde todavía se podía fumar.

- ¡No sabía que fumaras!

- Y no fumo, solo lo hago en ocasiones especiales. ¿Quieres beber algo?

Debo confesar que me gustó el hecho que él no fuera anti-tabaco, como lo era Julio, que siempre me hacía sentir mal cuando encendía un cigarro cerca de él. Empezaba a tener dudas de si realmente quería ir dormir a casa esa noche.

- ¿Qué estas bebiendo, André?

- Ruso blanco.

- ¿Qué es eso? ¿Qué lleva?

- Vodka, licor de café y leche condesada. Bebe un poco.

Probé, estaba riquísimo, pedí uno para mí.

- ¿Nunca habías oído hablar de esta bebida?

- No.

- ¿Entonces nunca has visto la película, "El Gran Lebowski"?

- No, ¿por qué?

- ¿Por qué? Es la mejor comedia cinematográfica jamás realizada. El personaje principal, interpretado por Jeff Bridges, era un consumidor asiduo de ruso blanco.

Después de una mirada a los vinilos que había en el bar, de beber otro ruso blanco y fumar un par de cigarros, salimos y fuimos en dirección al restaurante donde tendría lugar la cena de navidad de la empresa. Íbamos animados, un poco ebrios y hablando alto, con carcajadas constantes. Al llegar al restaurante, vimos que algunos compañeros estaban fumando en la puerta y aunque hiciera frío, nos quedamos un rato hablando con ellos. André entró, trajo dos vasos de vino blanco y me entregó uno, fumamos otro cigarro y entramos para sentarnos a la mesa.

- Este año te sientas junto a las contables, para que no te aburras.

- Sí, por favor, sálvame, Marina.

La cena fue animada, casi veinte personas en una mesa hablando alto, con muchas botellas de vino pasando de mano en mano, posturas relajadas y muchas carcajadas. André estaba sentado a mi lado, hablamos animadamente, con miradas cómplices, algo que no sé si pasó inadvertido para el resto, pero estoy segura de que no para Natacha. Ella se encontraba en una posición diagonal a la nuestra, había tres o cuatro personas entre nosotros y ella, indudablemente no conseguía oír nuestras conversaciones, pero nos miraba a menudo y se preguntaba que hacía André sentado a mi lado. Estaba claramente extrañada, la eslava. Yo tenía poca relación con ella, se limitaba a cuando tenía alguna duda llamaba a su extensión telefónica y ella era siempre fría y distante conmigo; raramente venía a visitarnos al piso de abajo y cuando lo hacía, parecía que nos miraba de manera altiva, como si ella se creyera mejor que nosotras.

Cuando terminó la cena, la gente empezó a dispersarse, algunos iban a casa, mientras otros quedaban en lugares para continuar la noche. Fui al baño y cuando volví, reparé que André se hallaba con un grupo en la entrada del restaurante. Hablaba con dos comerciales y también estaba Natacha, al acercarme, noté la mirada indiscreta de ella. Su vaporoso vestido negro con un bello abrigo de piel por encima, su elegancia me hizo sentir descuadrada, como una patita fea. André, al darse cuenta de que yo había llegado, me informó que habían decidido ir hacia la zona de discotecas del Cais Sodré. Intenté olvidar a Natacha y aprovechar el efecto que el alcohol ya hacía en mi cuerpo, estaba desinhibida y con ganas de marcha. Bajamos toda la Rua do Alecrim desde el Barrio Alto hasta el Cais Sodré y observamos que había bastante bullicio en la noche: gente joven, turísticas nórdicos, taxis, cantantes y mendigos pidiendo una moneda. Al llegar a la zona de discotecas, nuestro grupo de diez personas ya estaba esparcido, André y yo estábamos juntos, pensaba que íbamos a esperar a nuestros compañeros, cuando él me dijo:

- Vámonos allá, rápido.

Me empujó a una calle estrecha y oscura, llena de coches aparcados encima de la acera. No entendí su comportamiento, pero, de repente, mis oídos escucharon aquello que él seguramente ya había percibido y entonces sonreí, le di la mano y los dos entramos en una especie de bar discoteca, donde un portero, grande y mulato nos dio una tarjeta de consumo a cada uno. Apresuradamente nos dirigimos al centro del bar y empezamos a bailar *I feel better* del grupo Hot Chip, una de las canciones que yo le había añadido en el cd.

Había pocas personas bailando, pero ya teníamos alcohol suficiente para no preocuparnos de ese detalle, bailábamos y cantábamos alegres, riendo y siempre contemplándonos directamente a los ojos. En el apogeo de la música, André se acercó a mí, y de una forma rápida y confiada me besó. Al igual que él, yo también deseaba besarlo y no quería saber si allí había alguien conocido, algún compañero del trabajo, era un momento mágico y especial: nos besábamos al sonido de una de mis canciones preferidas y parecía que éramos el centro de la discoteca, del mundo, del universo. No quería que aquel momento terminara jamás.

Al final de la canción, nos apoyamos en la barra y pedimos dos bebidas, volvimos a intercambiar caricias, sonrisas tontas y nos hablamos al oído.

- Vámonos de aquí – Me dijo.

- ¿A dónde?

Me dio un beso, apretó su cuerpo junto al mío y me dijo al oído:

- Hay una pensión cerca, ¿vamos?

Seguramente le hice alguna mueca renitente, que hizo que él insistiera:

- Te prometo que no me portaré mal. – Sonrió aguardando mi reacción.

- Pues, yo quiero portarme muy mal contigo, esta noche – Volvimos a besarnos y a tocarnos sin pudor ni miedo a ser reconocidos.

Salimos a la calle agarrados y seguimos en dirección a la pensión, con algunas paradas para intercambiar más besos. La pensión no estaba lejos y tuvimos que tocar al timbre para que un hombre somnoliento nos abriera la puerta y nos pidiera identificación, antes de darnos la llave de la habitación. Después, con voz cansada y un discurso ya gastado, nos informó sobre las normas del establecimiento. Subimos al primer piso, entramos a la habitación, la cerramos y nos besamos mientras nos quitábamos la ropa. Estaba claramente ebria, en caso contrario hubiera tenido mucha vergüenza de enseñar mi cuerpo de aquella manera, sin cualquier inhibición o tabú.

Hacía trece años que no estaba con otro hombre que no fuera Julio, antes de él hubo otros, no muchos, pero los suficientes para poder comparar amantes. André fue, esa noche: salvaje, apasionado, cariñoso y controlador. Nos quedamos casi toda la noche despiertos, hablando, fumando, nos besamos y volvimos a hacer el amor. Cuando empezó a amanecer, André se quedó dormido delante de mí y yo pasé suavemente mis dedos por su pelo, rostro y cuerpo y me preparé para dormir. Antes de quedarme dormida tuve un pensamiento que me dio algún pavor: "¿y si mañana él se comporta de forma diferente y ya no quiere estar conmigo?, ¿y si esto era solo que él quería? una noche de sexo y alcohol." Me quedé aprensiva.

Tuve un sueño muy raro, soñé que estaba en una prisión, no consigo acordarme si era una penitenciaria o una jaula para gorilas en un zoológico. Alrededor del calabozo se fueron reuniendo personas que conocí a lo largo de mi vida, desde compañeros de la escuela de primaria, que mantenían el mismo rostro y edad, a compañeros de la universidad y del trabajo e inclusive personas de mi familia, como mi padre. Todos se reían en sonoras carcajadas y me apuntaban con el dedo índice acusador, fue entonces cuando me di cuenta de que tenía puesto un traje de prisionero, como los hermanos Dalton en las aventuras de Lucky Luke. Me desperté angustiada por la pesadilla, miré a mi lado y André seguía dormido, recordé entonces que hicimos el amor sin ninguna protección. Después de tantos años sin usar métodos de anticoncepción, no tuve el menor cuidado de pensar en eso cuando hicimos el amor.

Los recelos que tenía sobre el comportamiento de André al despertarse fueron infundados. Fue él quien me despertó con un ligero beso en los labios, al abrir los ojos, le vi delante de mí, tumbado, con su mano derecha en mi cintura y una hermosa sonrisa. Fue, sin duda, una agradable manera de empezar el día. Me preguntó si tenía algún plan para ese día, al que contesté que no, le informé de que Julio había ido a Braga a pasar la Nochebuena.

- Pues, ¿quieres venir conmigo? Voy a recoger a Marcos a casa de su abuela, le prometí comer con él.

Salimos de la pensión y volvimos a la Rua de Alecrim, pero esta vez en sentido contrario. André tenía el coche aparcado junto al bar donde nos habíamos encontrado el día anterior. En esta ocasión, la calle estaba un poco distinta, había bullicio igualmente: turistas nórdicos, los mismos cantores y mendigos, pero los taxis eran substituidos por los típicos tranvías de Lisboa. André buscó mi mano y entrelazamos los dedos, como si fuéramos una pareja de novios más que se paseaba por la capital. Me pareció un acto de valentía, pero también extraño, que él no tuviese miedo de que alguien conocido le viese.

La abuela de Marcos vivía cerca, en el barrio de Alcántara, André aparcó el coche junto a un asador y me pidió que fuera a encargar algo para comer, mientras él iba a buscar el niño. Pensé en aprovechar e ir a una farmacia y comprar la píldora del día después, pero no me apeteció. Posiblemente, tendría que aguantar la mirada indiscreta de algún farmacéutico, y además a los 38 años la probabilidad de quedar embarazada era reducida. Veinte minutos después, volvió con Marcos y se mostraba contento de verme.

André vivía en un barrio antiguo e histórico de la zona alta de Lisboa, Campo de Ourique. Cuando nos dirigíamos a su casa, empezó a llover.

- Lloviendo otra vez… - Exclamé.

- Siempre me ha gustado la lluvia. Cuando vivía con mis padres, todos los fines de semana íbamos a trabajar a nuestra huerta y en la tierra de mi padre, sólo cuando llovía podíamos salir a jugar o quedarnos en casa. Recuerdo calzarme las botas de goma e ir corriendo y saltando a los charcos de agua o, simplemente, disfrutar viendo como la caía la lluvia, mientras estábamos calentitos junto a la chimenea.

- ¡Pensaba que eras de Lisboa!

- No, soy del interior del país, más concretamente de Castelo Branco, pero, a los 19 años, vine para aquí.

- ¿Y tienes hermanos?

- Sí, soy el tercero de cuatro hermanos.

- ¿Y tienes relación con ellos?

- Sí, nos llevamos bien, pero los cuatro fuimos a parar a lugares diferentes, solo mi hermano mayor se quedó en Castelo Branco, una de mis hermanas está en Suiza y la otra en el norte del país. ¿Y tú? ¿Tienes hermanos?

- No, bueno, tuve un hermano, pero murió a los seis años. — Entonces me di cuenta de que en la parte trasera del coche iba Marcos, quizá no fuera adecuado hablar de esto con él presente, pero él tenía auriculares y estaba entretenido con algún juego.

- ¿De verdad? Qué horror, ¿cómo se quedaron tus padres?

- Bien, yo era muy pequeña, tenía cuatro años y no me acuerdo mucho de él o del momento de su muerte, pero, como es obvio, mis padres quedaron marcados para siempre por ese acontecimiento.

- ¿Y cómo murió?

- Estaba en el pueblo de mi padre e iba andando en bici por las calles, cuando un coche a gran velocidad fue contra él y le hizo golpearse la cabeza contra la acera; en ese tiempo ningún niño usaba casco.

Habíamos llegado a su barrio y André dirigió su espacioso vehículo en dirección a un garaje, con un mando en la mano accionó la puerta del garaje que empezó a rugir y se abrió.

- Este es nuestro edificio.

- Parece nuevo, ¿o está reformado?

- Es nuevo, el antiguo inmueble estaba demasiado viejo y lo demolieron.

Subimos en ascensor hasta el quinto piso y entramos en el domicilio de André. Mi primera impresión de su casa fue de asombro. Estaba muy bien decorada, recogida y organizada, era realmente espaciosa, más de 200 m2 en pleno centro de Lisboa; debía valer una fortuna, André pareció leer mis pensamientos y dijo:

- Mi mujer es una informática muy bien pagada, su sueldo es muy superior al mío.

- Eso para algunos hombres es una amenaza.

- Para mí es un beneficio.

Era un apartamento dúplex, en la parte de abajo estaba la cocina, bastante grande y con todos los electrodomésticos modernos, había un amplio baño y una inmensa sala interior sin ventanas, de donde salían unas escaleras para la parte superior; donde estaban las tres habitaciones, todas ellas con un pequeño baño. André me llevó hasta su oficina y, antes de abrir la puerta, me dijo: "este es mi lugar preferido de la casa". Era fácil de entender el por qué, era una sala no particularmente extensa, pero con una iluminación natural preciosa, diáfana y completamente rodeada de cristal. Había un sofá blanco en forma de *chaise longue*, de piel, en medio de la habitación, con almohadas rojas y moradas, que servía para las lecturas de André, mientras contemplaba las magníficas vistas que se podían disfrutar desde allí. El Río Tajo, al fondo, antes el techo redondo de la Basílica de la Estrella, a su lado, el verde de sus jardines y a la derecha podíamos contemplar las dos torres de las Amoreiras.

- Hoy no es el mejor día para visualizar porque está lloviendo mucho, pero aun así, mira como de hermosa es la ciudad de Lisboa, cuando llueve es aún más nostálgica.

Intenté decir algo, pero no me salió nada, sé que es un sentimiento feo, pero fue envidia lo que sentí. No especialmente por la casa o por el barrio, sino por aquel espacio precioso, tan bien decorado y con vistas que eran difíciles de dejar de mirar. Nos quedamos unos minutos callados, viendo como caía la lluvia y observando cómo la ciudad se movía lentamente y en tono gris.

Los tres comimos en la cocina y, después de la comida, Marcos fue a su habitación a jugar en el ordenador, mientras yo y André recogíamos la mesa.

- ¿No has querido tener otro hijo? ¿Dar un hermano o hermana a Marcos?

- Sí, me gustaría, pero para Sofía fue una mala experiencia haber sido madre. No solo por el hecho de haber tenido un embarazo complicado, fue, sobre todo, por no saber cómo cuidar de un bebe; es bastante más sencillo tratar con máquinas. - Hizo una pausa y paró de recoger – Es una *workaholic*, adora su trabajo y vive para él, yo siempre estuve en un segundo plano y ella siempre vio a Marcos como algo que le robaba su precioso tiempo libre. Odiaba ir a los parques con el crío, siempre que se quedaba a solas con él iba hacia su madre para que le ayudara. Ahora, que él ya empieza a ser autónomo, empiezan a llevarse mejor. Cuando Marcos tenía dos o tres años, le pregunté si quería tener otro hijo, a lo que me contestó: "¿para qué? Mírate a ti, tienes tres hermanos y raramente estáis juntos." En fin…

Continuó recogiendo con un semblante triste y conformado y me preguntó:

- ¿Y tú? ¿Por qué no tienes hijos?

- Porque Julio no puede.

- ¿Y te habría gustado ser madre?

- No sé… creo que sí, hubo un tiempo en el que Julio y yo estábamos bien y yo visualizaba una familia feliz, pero nunca tuve eso como objetivo.

- Yo tampoco, pero me gusta mucho ver a Marcos crecer, estar presente, ser su padre y amigo. Me gustaría volver a ser padre.

- Aún estás a tiempo.

- Tu también. – Me dijo, haciendo un movimiento cómico con las cejas.

Nos reímos y volvimos a su oficina, él me enseñó su pequeña biblioteca, que se encontraba detrás del sofá blanco. Al lado de la biblioteca, había un moderno equipo de música, donde él colocó como música ambiente el cd que yo le había dado. Cerró la puerta con llave y volvimos a hacer el amor, ahora sobre el sofá blanco. Debo confesar que, en esta ocasión, no disfruté como antes, no podía dejar de pensar que él ya había hecho lo mismo en aquel sofá con su mujer, o quizá con Natacha; además Marcos estaba en aquella casa a pocos metros de nosotros.

Al final de la tarde, André llamó a un taxi y yo volví a mi casa. En cuanto entré, sonó el teléfono, era Julio diciendo que había llegado bien y todos me enviaban saludos. Intenté ser lo más natural posible y le conté que me había quedado a dormir en casa de una compañera de trabajo y acababa de llegar a casa. Colgué el teléfono, me senté en el sofá de mi modesto domicilio y pensé en todo aquello que me estaba sucediendo. Acababa de engañar a mi marido, el hombre que había dejado su tierra natal para venir a vivir conmigo, un hombre que siempre me había tratado con dignidad, ¿y por qué? La razón era simple: me había enamorado de otra persona. Hay ciertas cosas que no puedes elegir, no puedes racionalizar y, a medida que maduramos, nuestros sentimientos se van haciendo más rígidos, pero cuando surge una tercera persona y nos enamoramos perdidamente, inevitablemente, habrá siempre alguien que salga herido.

Llegué a la conclusión de algo que ya sabía: ya no amaba a Julio. Tal vez si nunca hubiese aparecido André en mi vida, es posible que aún hoy estuviese con él, al final las personas con decenas de años de casados, más que por amor o pasión, continúan juntos por compañerismo, por rutina y por comodidad. Yo no quería hacer esto a Julio, él no se lo merecía. No quería engañarlo más, no quería mentir más, ni tampoco quería su perdón, ¿tal vez podríamos ser amigos? Por supuesto que no, ninguna pareja queda bien cuando hay una traición de por el medio. Empecé a llorar, estaba a punto de terminar un capítulo de mi vida, trece años de relación, de intercambio y complicidades, de viajes, de planes y de sueños. En mes de enero le diría la verdad, esperaba que él no me odiase.

Por muy enamorada que estuviese, no era tan ingenua como para saber que André no iba a dejarlo todo por mí, posiblemente no estaba tan enamorado como yo, o incluso no sentiría tanta pasión y yo era apenas una aventura extramatrimonial más, un trofeo más. De la alegría que viví aquel día al despertarme, terminé con una profunda tristeza y confusión en mi cabeza, imaginé a André hablando con su mujer relajadamente, sentados en la cocina donde habíamos comido y pasando la velada en el sofá blanco donde habíamos hecho el amor. Recordé las fotografías de su esposa esparcidas por la casa. Era baja, no tendría más de 1,60m, un poco gorda, con un tono de piel bastante moreno, un rostro aún bello pese a sus ya más de cuarenta años, unos ojos marrones, grandes y un pelo lacio con un corte moderno que le llegaba a mitad del cuello, teñido de castaño oscuro con mechas claras. No conseguía quitar su imagen de mi cabeza, ella y André, los dos riéndose en el sofá blanco, bebiendo algún cóctel chic.

A partir de ese fin de semana, empezamos a crear nuestras rutinas, todos los miércoles comíamos en un pequeño restaurante que André conocía y del que ninguno de nuestros compañeros era cliente. Era, sin duda, el momento más esperado de la semana, íbamos cada uno en su coche y comíamos el uno junto al otro. Empecé a conocer mejor el humor negro, cruel, pero también exquisito de André. Parodiaba todo y sabía reírse de sí mismo.

- Cuando tenía 16 años y mi hermano mayor 19, nuestro padre nos llevó a un puticlub. Los dos éramos bien feos y llenos de granos, - soltó una sonora carcajada – así que, mi padre viendo que no íbamos a ligar con las chicas de nuestra edad, nos llevó a un prostíbulo del pueblo, donde había unas prostitutas baratas y cuarentonas.

- ¡Qué horror! ¿Y os obligó a tener relaciones con ellas?

- ¿Obligar? ¿Eso crees? Fue una enorme carga que nos quitó de encima. ¿Sabes la presión que sufre un chico adolescente para perder la virginidad? Si no fuera por él, mi hermano y yo habríamos sido vírgenes hasta los treinta años.

- ¿Pero tú harías lo mismo con Marcos?

- Por supuesto que no. Era la manera que mi padre tenía de hacer las cosas, eran otros tiempos.

- ¿Tienes una buena relación con él?

- No, ya falleció. Mi padre era un hombre chapado a la antigua. Éramos cuatro hijos y mi padre se mataba trabajando para poder mantenernos. Trabajaba en una fábrica de automóviles, unas diez o doce horas diarias, apenas lo veía por las noches y estaba siempre tan cansado que, realmente, nunca tuve una gran relación con él. Los fines de semana, íbamos a la huerta que él tenía y nos matábamos a trabajar. Pero creo que él era feliz así, su idea era: trabajar, trabajar y trabajar, "para poder llevar el pan a casa", según decía, "no se logra nada sin esfuerzo". – André hablaba con una voz pesada y un semblante serio, cruzando los brazos. – Nunca tuvo vacaciones, y criticaba a aquellos que las tenían, como si fuera un desperdicio de dinero. Cuando vine a Lisboa y dejé de ayudar en la vendimia o en la matanza del cerdo, me acusó de vago y casi me deshereda. En fin, - hizo una pausa y volvió a comer – murió poco después de ver nacer a su segundo nieto, debió pensar algo parecido a: "misión cumplida, mi especie continuará, mi patrimonio no caerá en manos ajenas".

- Ya veo que no te llevabas muy bien con él.

- Nunca tuvimos una gran relación, él no era ni atento ni cariñoso, para él la vida se resumía una larga carretera llena de trampas, una especie de lucha por la supervivencia. ¿Tú tenías una buena relación con el tuyo?

- Bastante sana, debo confesarte. Después de la muerte de mi hermano, el matrimonio de mis padres fue en declive y él siguió en casa para asegurarme una infancia y adolescencia normal, pues mi madre se convirtió en una histérica y con tanto miedo a que yo tuviese un accidente que me trataba como si fuera de porcelana.

Nuestros encuentros de los miércoles eran meramente intelectuales, filosóficos, no nos metíamos en ningún hotel, ni en la parte trasera del coche como animales en celo. Todos los sábados, matábamos los deseos carnales, sobre todo en su apartamento, pero jamás en su oficina, hacíamos el amor en la habitación de invitados, a media luz, con la puerta cerrada para que Marcos no nos sorprendiera.

Regresando a nuestras charlas en el restaurante, me acuerdo de una vez en la que estaba más angustiada, melancólica, presa de mis eternas dudas existenciales.

- André, ¿no piensas a veces, que tu padre estaba en lo cierto?, es decir, ¿que todo esto es una larga carrera para perdurar la descendencia?

- ¿Qué quieres decir?

- Sí, ¿Cuál es el sentido de la vida? Crecer, algunos momentos de felicidad, tener hijos, criarlos, envejecer con alguna dignidad, morir y listo. ¿Para ti, cual es el sentido de todo esto?

- ¿Qué tienes? ¿La famosa crisis de la mediana edad?

- No, no lo sé, tal vez, ¿Tú nunca piensas en esto?

Hubo un silencio y después noté una ligera sonrisa en sus labios. Empezaba a conocer sus expresiones y ya sabía que vendría alguna anécdota.

- Yo nunca tuve ese problema o duda, porque tuve la suerte de que cuando tenía unos quince o dieciséis años, un hombre iluminó mi camino. – Su sonrisa de pillo era tan fascinante. – Iba de camino al colegio, cuando un viejo de unos 80 años o más estaba en el paso de cebra para atravesar la calle, pero con miedo a que los coches no parasen, me pidió ayuda, le di mi brazo y le ayudé. Al pasar, él me dijo: "chaval, en esta vida es una mierda ser viejo, lo único importante es follar, aprovecha y folla lo máximo que puedas porque también llegarás a viejo".

Era realmente bueno contando historias, imitaba la voz del viejo y gesticulaba con entusiasmo, era imposible no reír. Continuó:

- Yo, un adolescente, ya obsesionado por el sexo, encontré aquellas palabras muy sabias, un viejo casi en su lecho de muerte me dio un consejo sobre el sentido de la vida. No volví a cuestionar más sobre el tema, el sentido de la vida era tener el máximo de relaciones posibles.

Hizo una pausa, sus expresiones fueron cambiando, ahora iba a contar algo más serio.

- Ahora en serio, Marina, aunque esta historia sea verídica, para mí el sentido de la vida no está en la cantidad de relaciones que tengamos. Para mí, está en el arte. Te explico: nosotros, los humanos, tenemos la capacidad única en la especie animal de poder disfrutar del arte, de un cuadro, una escultura, una canción, un libro o que una película transmita un millón de sentimientos, que nos haga llorar, reír, soñar o acercarnos a la perfección. Es esa capacidad la de que nosotros consigamos captar del arte, la nos acerca más a los dioses. Desgraciadamente hay muchas personas que son incapaces de deleitarse con cualquier forma de arte.

- Me gusta más la historia del viejo. – Dije yo entre carcajadas.·

- Sí, sin duda, es mucho más lógica. Aunque, creo que tú necesitas consultar a un especialista este sábado, para quitarte esas dudas e inquietudes.

- Ah, sí, ¿y por qué, eres vidente o algo?

- Sí, tengo un don, aunque no me guste hablar sobre eso, pero estoy bendecido por el poder de leer las migas del pan.

- ¿Qué? ¿Migas del pan?

- Sí, Marina, hay personas que leen cartas, otras caracolas, otras la palma de la mano, yo fui bendecido con el don de leer las migas del pan mientras me alimento.

- Guau, tú eres un hombre completo, estoy impresionada.

- Sí, es normal, tengo muchas cualidades y la mayor de todas es la humildad.

Mirando ahora hacia atrás, consigo identificar varias razones por las cuales me enamoré de André, que están en gran medida relacionadas con defectos que atribuía a Julio para justificar mi actitud. El sentido de humor era unos de los motivos, André era un tipo divertido, con un humor negro, refinado e inteligente, pero también podía ser melancólico, sosegado y falto de cariño. No tenía reparos en hablar de sus defectos, sus derrotas, fracasos y miedos. Julio tenía un sentido del humor más conversador, también era divertido, pero sería incapaz de burlarse de sí mismo, se tenía en gran estima, se creía superior intelectualmente a la mayoría de la sociedad y siempre poseía una opinión sobre todos los temas. Le encantaba discutir y nunca asumía la culpa de nada. Estaría mintiendo si dijera que el factor físico no hubiera pesado en mi elección. Durante los trece años de relación, Julio había aumentado su peso corporal en veinte kilos, cuando nos conocimos era un chico guapo de casi 1,80cm, 80 kilos y un soberbio pelo rizado castaño claro. Trece años después, pesaba casi 100, estaba prácticamente calvo, pero se resistía a asumir ese hecho y conservaba media docena de pelos con los cuales intentaba ridículamente esconder su calvicie. Era consciente de que estaba un poco obeso, pero no hacía nada para cambiar su aspecto, además siempre hacia planes, pero nunca los cumplía. André no era ningún dios griego, pero era claramente más atractivo. Todos los domingos por la mañana, se encontraba con antiguos compañeros de universidad en un gimnasio para jugar a squash, tenía una pequeña tripa, pero su cuerpo era firme y no tenía problemas en usar cremas y perfumes. A la hora de hacer el amor, Julio era un auténtico caballero, pedía siempre permiso para hacerlo y si le decía que no tenía ganas, él nunca insistía, era comprensivo. Le gustaba declararse en pleno acto, me preguntaba varias veces si todo estaba bien, si quería cambiar de postura, al final siempre deseaba mi aprobación para su desempeño. André nunca pedía permiso, se ganaba el derecho a hacer el amor por su insistencia, confianza y determinación. Nunca hablaba en el acto, ni esperaba mi evaluación: sabía que me satisfacía.

No obstante, de todos los motivos que podría encontrar para justificar mis actos, lo que realmente me llevó a querer estar con André fue la esperanza. La fantasía de estar con una persona que me entendiera, que no me criticase y juzgase a menudo. La posibilidad de hallar una persona más parecida a mí, que tuviese una visión del mundo idéntica a la mía. La creencia de que André matase todos mis fantasmas, mis dudas y angustias y que volviera a soñar, a volar, a tener proyectos y ambiciones, a despertarme por las mañanas con ilusión. Lo que yo veía en André era esperanza, mucha esperanza.

IV

El mes de enero avanzaba y yo intentaba evitar lo inevitable, romper la relación con Julio. Lo que me ataba a Julio era la rutina, los buenos recuerdos que tuvimos en esos trece años, nuestra amistad, la complicidad de tantos momentos y lamentaba que todo terminase. Sabía que, por mucho que intentase mantener una relación de amistad, no podría perdurar cuando uno es engañado por el otro, cuando surge una tercera persona de por medio. Yo siempre excusaba sus esporádicos intentos de hacer el amor y él, como el *gentleman* que siempre fue, nunca utilizó ningún tipo de chantaje o presión, ni se hizo la víctima.

El segundo sábado de enero, fue cuando el final tomó el rumbo. Era un sábado de niebla y un poco de lluvia en Lisboa y yo había quedado para pasar el día en casa de André. Una vez más, mentí a Julio para poder pasar el día con mi amante. Llegué un poco antes de la comida, eché una mano a André en la cocina y tuve tiempo para ayudar a Marcos con sus deberes del colegio. Ya todo me era familiar, la casa, las habitaciones, el sitio donde guardaban los diferentes utensilios. Todos los martes, venía una criada a hacer los trabajos domésticos más necesarios y yo ya criticaba los pequeños descuidos de esa mujer. Ya me sentía en casa, no era una forastera y para Marcos, yo era como una tía cercana, que le hacía caso y creamos una especie de complicidad, como si fuéramos viejos amigos, o de un país lejano y habláramos un idioma extraño y único. Nunca supe si él comentaba a su madre mi regular presencia en casa; creo que él y su padre tenían alguna especie de trato o arreglo para que mi presencia fuera guardada en secreto.

Ese día, después de la comida, Marcos se retiró a la sala para ver los dibujos o jugar a algún juego. Mientras, André y yo recogíamos la cocina y entre besos y caricias, fuimos jugando hasta la habitación de invitados; él detrás de mí como un mono, intentado coger mi trasero, mientras yo corría delante suyo, con risitas y soltando pequeños gritos. Entramos en la habitación y nos agarramos riendo, caímos en la cama, lentamente él me fue quitando la ropa, mientras me besaba todo el cuerpo. En esa ocasión, no quise que fuera de un modo agresivo, le pedí hacer el amor despacio, mirándonos a los ojos y besándonos dulcemente. Terminamos sudados, gimiendo de placer y agarrados con tanta fuerza que parecía que íbamos a convertirnos en un único ser. Me quedé dormida en sus brazos, con su olor.

Cuando desperté, tuve que pensar para situarme, había menos claridad y habían pasado casi tres horas. En la casa reinaba casi un silencio absoluto, se oía a lo lejos el murmullo de una melodía o podría ser también lluvia del exterior del apartamento. Me vestí, pero, como sentí frío, decidí ponerme un albornoz que había en la habitación de invitados. Salí en busca de André y me dirigí a su oficina: ahí estaba él con su hijo. Marcos estaba sentado sobre una mesa repleta de lápices de colores y dibujaba cuidadosamente, pasé por su lado y le hice una caricia en el pelo, a lo que me respondió con una hermosa sonrisa y avancé hasta el sofá blanco donde se encontraba André leyendo un libro y contemplando el bello paisaje de una ciudad fantasma, cubierta de un nebuloso manto blanco. Para acompañar el bucólico ambiente, André había puesto su banda preferida, los islandeses Sigur Ros. Me senté a su lado, él alejó el libro y me tocó con su mano. Hubo silencio y miradas cómplices y, poco a poco, fui aceptando la realidad de que tenía que salir de aquella casa, ya que la verdadera dueña de la familia y del apartamento estaría punto de llegar.

- Me tendré que marchar, ¿verdad?

André bajó la cabeza, no contestó, era obvio que tenía que salir. Empezaron a oírse los primeros acordes de *Hoppipolla*, de Sigur Ros y me entraron ganas de llorar.

- André, no puedo seguir con esta situación. Julio no lo merece, esto no me hace bien. Voy a terminar la relación con él. – Hablé bajo para que Marcos no pudiese oír. André permanecía callado, la tristeza y la nostalgia dieron pie a la irritación y algo de impaciencia.

- No te preocupes, no quiero ponerte entre la espada y la pared, la

37

decisión de dejar a Julio no te obliga a hacer lo mismo. No quiero que pierdas las comodidades de esta casa, tus vistas al Tajo. Seguro que no es la primera vez que te encuentras en esta situación.

- ¿Tú crees que para mí esta es una situación normal? – Sus facciones habían cambiado, denotaba algo de incredulidad, aunque su voz permanecía susurrante para que Marcos no lo escuchase. – Puedo no ser un marido ejemplar, ¿pero piensas que yo hago esto frecuentemente? ¿Que traigo mujeres a mi casa y permito que mi hijo esté en contacto con ellas, y él pregunte cuál es su papel en esta familia?

Hizo una pausa, volvió a agarrarme de la mano y me miró directamente a los ojos. Noté su mirada más brillante y me dijo:

- Quiero estar contigo. Te quiero y te amo. Esta casa y sus comodidades no me dicen nada. Sentí por ti algo que hace mucho no sentía. Soy feliz a tu lado. Estoy dispuesto a abandonar todo, pero tendré de renunciar también a Marcos. – Miró a su hijo, que estaba pintando, sin estar atento a nuestra conversación. – Sólo podré estar con él cada quince días, en vacaciones y con suerte algún día entre semana. Alejarme de mi hijo será muy duro para mí. Tendré momentos de angustia y posiblemente te culparé a ti por ese distanciamiento. Será posible que, tarde o temprano, te responsabilice del hecho de no poder estar con él, el amor que siento por ti se convertirá en amargura.

Sentí sinceridad en sus palabras, estaba claro que ya había reflexionado sobre el tema y llegó a esta conclusión. Tuve que hacer un mayor esfuerzo para no dejar pasar el nudo que tenía en la garganta, el ambiente a mí alrededor no ayudaba. La música seguía el compás de la melodía melancólica, las primeras luces artificiales surgían, venidas de las farolas de la calle, dando la sensación de que habíamos llegado al final del viaje.

- Yo también te amo, André. – Silencio. Miré a Marcos. – Si Marcos no existiera, ¿hoy te vendrías conmigo?

- Claro, pero no le puedo dejar sólo aquí, con una madre viciada al trabajo y pensar que podría tener un padrastro cualquiera, algún tipo sin escrúpulos, que no le diese cariño. Te pido un tiempo, unos años hasta que él deje de ser niño.

- No puedo y no quiero ser la amante, André, la otra.

Me levanté y me dirigí a la salida del salón, evité cruzar la mirada con

André y salí de la oficina. Dejé el albornoz en la habitación de invitados y, cuando ya estaba cerca de la puerta de salida, Marcos vino hacia mí.

- ¿Te ibas sin despedirte de mí?

Me dio un abrazo y yo ya no pude resistir el nudo que tenía en la garganta, lloré agarrada a un niño de 8 años.

- Perdona, Marcos, te quiero mucho, tú lo sabes, ¿verdad?

- Sí, pero no hace falta llorar, yo también te quiero.

Él estaba un poco asustado, al verme en aquel estado. Salí de casa y bajé a la calle, sin lograr controlar mis sentimientos, estaba perdida y no paraba de lloriquear. Yo quería estar en aquella casa, yo quería ser parte de aquella familia, yo quería ser la madre de Marcos y la esposa de André.

Llegué al coche, me dejé caer en el asiento y lloré como una magdalena. Me quede así una hora o más, hasta que el ruido de un coche, relativamente cerca, me hizo levantar la cabeza, la música estaba alta, parecía algo como kizomba o samba y fue entonces cuando la vi por primera vez, a Sofía, la esposa de André.

Conducía un Volkswagen Golf blanco, la vi claramente, pues estaba iluminada por una farola, parada esperando a que la puerta del garaje se abriera para poder entrar. Parecía feliz, acompañaba a aquella música histérica y horrible, cantando dentro del coche. Para empeorar mi situación, no me pareció nada fea ni gorda, al contrario, tenía un aire jovial y despreocupado. Afortunadamente no miró hacia mí, porque vería una mujer destrozada, con un maquillaje de payasa, resultado de un pequeño mar de lágrimas. Entró en el garaje y desapareció con la música estridente, dando lugar al silencio. Volví a caer en el asiento del coche y las lágrimas retornaron a hacer su camino por mi rostro.

No sé cuánto tiempo pasé allí, en la penumbra, y no sé tampoco cuándo fue la primera vez que me vino el pensamiento: "¿y si ella no existiese?, ¿y si ella tuviese un accidente de coche? ¿Y si yo provocase que ella tuviese un accidente de coche?" Rápidamente alejé ese pensamiento, los problemas no se solucionan así, matando a la gente. Pero al igual que las olas de una playa, que insisten en depositar en la arena los restos de alta mar, la idea del asesinato surgía una y otra vez. Fue entonces cuando permití que el pensamiento ganase lugar en mi cabeza, empecé imaginando la muerte de Sofía y, en consecuencia, a mí junto a André y

Marcos, sustituyéndola.

¿Cómo podría matarla? ¿Cómo ejecutar el homicidio perfecto? ¿Debería contar con André? ¡Por supuesto que no! Él diría que yo estaba loca. ¿Estaba yo volviéndome loca? ¡Matar a alguien! ¡Asesinar a una persona inocente! Tal vez habría otra solución. Por mucho que pensase, no veía otra salida, sólo tenía dos opciones: olvidar el tema y recuperarme sentimentalmente con el paso del tiempo, o realizar un crimen que me podría llevar al quinto piso del edificio que estaba a mi lado o arrastrarme a una prisión durante muchos años.

V

Pasé varias horas tumbada en el coche, sin conseguir retener un pensamiento lógico durante más de cinco minutos, las ideas surgían repentinamente una tras otra, como si fueran gaviotas en un mar agitado. A mitad de la noche mi móvil sonó: era Julio, preocupado porque todavía no había llegado, me excusé diciendo que me había dormido en el coche y fui a casa. Al día siguiente, decidí que había llegado el momento de contarle la verdad.

Terminar una relación de 13 años con una persona que siempre me trató bien no es nada fácil. Por mucho que intentase minimizar su dolor, él había sido engañado por mí y lo había sustituido por otro hombre. Le conté toda la verdad y le pedí perdón por no habérselo contado antes. Una vez más, él se comportó como un caballero, incluso en ese momento en el que yo esperaba que me insultase y me escupiese a la cara. Él hizo lo opuesto, hubiera sido más fácil para mí que él me hubiese tratado mal, para poder salir de la relación más aliviada.

No teníamos hijos, la casa era alquilada, nuestra cuenta bancaria iba a ser repartida a medias, él se quedaría con los muebles y electrodomésticos y yo con nuestro coche. El acuerdo fue fácil, rápido y limpio, sin discusiones. El mismo día, volvería a casa de mi madre y mientras hacía la maleta, Julio colocó *A Rainy Night in Soho* de The Pogues. Su intención era que yo recordase nuestro viaje a Dublín y que me invadiera la nostalgia, con añoranza o ternura; pero el efecto que produjo en mi fue exactamente el contrario. Recordé oír esa música en un pub irlandés, sola, mientras Julio, ebrio, deambulaba por el bar intentado charlar con cualquiera, para exhibir y practicar su inglés. El sentimiento que me produjo fue de pena. ¿Qué haría ahora? ¿Volvería a su tierra natal? A mitad de la canción, apareció en la habitación, se arrodilló y me pidió que no le abandonase, que lo intentásemos otra vez, que sabía que estábamos pasando una crisis matrimonial, pero que podríamos superarlo y que no podía vivir sin mí. Además de pena, sentí vergüenza ajena, al igual que había sentido en el pub irlandés, un hombre de mediana edad, obeso y calvo, que había sido engañado por su mujer y le pedía perdón y una segunda oportunidad. Sentí una grandísima lástima por él.

Volver a casa de mi madre a los 38 años, no puede ser considerado como una victoria o una conquista. No obstante, esperaba no quedarme ahí mucho tiempo, el hecho de tener que asumir el regreso a la casa que me vio nacer, significó una clara derrota para todos los que me rodeaban. Mis amigas no entendían cómo podía haberme involucrado con un hombre casado; los amigos que tenía en común con Julio acudían a consolarlo, me consideraban una víbora sin corazón, que había dejado un hombre magnífico que había abandonado su tierra para estar conmigo. Las ancianas vecinas de mi madre, me paraban por la calle para que les contase detalles de lo ocurrido.

Mi madre estaba contenta por volver a tener mi compañía, muchos años después. Era una mujer de 65 años que aparentaba y se comportaba como una anciana de 75. Mi padre solía decir que mi madre era una persona fuerte, alegre y amable antes de la muerte de mi hermano y que después de ese trágico acontecimiento, se convirtió en aquel ser que desde siempre yo conocí: triste, temerosa, pendiente de tomar medicamentos para dormir, hipocondríaca, que se victimizaba constantemente. Su casa permanecía casi inalterada en los últimos veinte años, las fotografías de mi hermano seguían ocupando un lugar privilegiado. No tengo ningún recuerdo de mi hermano, murió cuando yo tenía cuatro años y la única memoria que tengo, son esas viejas fotos de un niño sonriendo a la cámara fotográfica.

Durante el periodo de ruptura con Julio y la mudanza del apartamento, mi estado emocional estaba hundido, psicológicamente andaba afectada y hubo un pensamiento que, poco a poco, iba ganando espacio en mi mente: la culpa era de Sofía. Mientras atravesaba ese momento perturbador, empecé a planear el asesinato de la esposa de André. Al inicio era solo una simple distracción, planteándome cómo podría realizar un homicidio sin dejar pistas a la policía, cómo si fuera un juego entre el gato y el ratón. Pero, poco a poco, esa idea empezó a dominar mi cerebro, me acompañaba día y noche, reflexionaba sobre todos los detalles, no quería dejar nada al azar ni dar lugar a la posibilidad de ser capturada. Fue entonces cuando decidí avanzar con el asesinato de Sofía de Carvalho.

Acredito perfectamente que el ilustre lector de este manual debe creer que la decisión que tomé se debe al hecho de ser una persona mimada, egoísta, egocéntrica, presumida, calculadora y un sinfín de adjetivos desfavorables más, y tal vez tenga que darle la razón, pero me gustaría aportar, en mi propia defensa, que yo me sentía como un náufrago en alta mar, buscando un chaleco salvavidas. Desesperada, deprimida, dónde la única luz que veía al final del túnel era la de substituir a la mujer de mi amante. Estoy convencida de que cualquier ser humano, herido, desesperanzado, en un momento de lucha por la propia supervivencia, podría cometer actos tremendamente repugnantes.

Dejé claro a André que necesitaba espacio y tiempo, por lo que se terminaron nuestros encuentros de los miércoles y sábados. A excepción del último sábado de enero, cuando me dirigí a su casa con una intención: robar las llaves de repuesto del coche de Sofía y hacer una copia, lo cual no fue difícil, ya que en la misma entrada de la casa había un llavero en forma de gancho con todas las llaves. Mientras él hacia la comida, me disculpé diciendo que tenía que hacer un recado para mi madre y fui a una tienda a hacer una copia rápidamente y cuando volví para comer, recoloqué la llave en su sitio.

Hicimos el amor dos veces ese sábado, sentí por él una pasión casi febril, no quería que aquellos encuentros terminasen. Debo confesar que estaba convencida de que el acto que iba a ejecutar era beneficioso para todos, bueno, para casi todos; ya que el amor que yo sentía por aquel hombre justificaba tan perversa acción.

Los siguientes sábados, seguía y vigilaba a Sofía con el coche, le acompañaba en sus rutinas y hábitos. A mediados de febrero, tenía un plan bien calculado sobre el asesinato: el día 11 de marzo sería el día del homicidio.

Me imagino que hace 200 años, sería relativamente sencillo matar a alguien y salir impune, pero en el siglo XXI, con policías formados y especializados, tecnología y sobre todo, por el hecho de vivir en una sociedad tan vigilada, hace que todo el cuidado sea poco a la hora de planear un asesinato. Durante días y días, estuve obsesionada con la elaboración de todos los detalles del crimen. No quería que hubiese sangre y quería que fuera lo menos doloroso posible. Frecuentemente sentía miedo, insomnio y muchísima inseguridad.

El mes de febrero trajo una noticia bomba que me hizo cuestionar todo el proceso. Mi menstruación llegaba religiosamente el día 14 de cada mes, pero es algo que no sucedió ese mes. Me pareció raro, pero esperé un par de días más hasta dirigirme a una farmacia para comprar una prueba de embarazo; después de leer el prospecto del test, con los nervios a flor de piel, hice la prueba: dio positivo, estaba embarazada. Volví a repetir el proceso y el resultado se mantuvo. Recuerdo que me quedé un largo rato sin reacción, me miré al espejo y me vi más pálida que nunca, parecía que me iba a desmayar. Recordé las veces que André y yo hicimos el amor sin tomar ninguna precaución, él nunca me pareció preocupado por eso y yo pensé que a los 38 años ya tendría dificultad para concebir.

¿Qué debía hacer? ¿Llamar a André y decírselo? ¿Qué alternativas tenía? La primera posibilidad que barajé fue la de abortar, como dije al inicio, nunca había deseado ser madre. Podría realizar un aborto legalmente o incluso hacerlo fuera del país para que la policía no sospechase de nada, pero ¿hasta qué punto la policía podría conectar el aborto con el posible asesinato?

La segunda opción era de informar a André sobre el embarazo. Sería posible que él me pidiera abortar, o quizá no. Seguramente su mujer lo descubriría, posiblemente le pediría el divorcio, o tal vez no. Y en caso de que se diera el divorcio, André quedaría alejado de Marcos y me culparía por esa separación.

La tercera y última posibilidad era: tener el niño y matar a Sofía. La idea de poder vivir en la quinta planta del magnífico apartamento, junto con André, Marcos y el nuevo retoño, fruto de nuestro amor era reconfortante. El hecho de poder tener una familia a mi medida me hizo ponderar detalladamente esta hipótesis. Sentía que podría ser feliz con ellos, despertarme por las mañanas con la ilusión que hacía mucho había perdido. Decidí elegir, definitivamente, la tercera opción.

Inconscientemente o no, hubo otro factor que prevaleció para esta elección: la inseguridad. Había un pensamiento que me venía a menudo: la posibilidad de que André, al encontrarse libre de su mujer, no quisiera nada conmigo, o me sustituyera por otra más joven, quizá, Natacha. Yo quería que él estuviera atado a mí para siempre, yo quería el lugar de Sofía y no podía asumir el riesgo de asesinarla y después verme fuera de sus vidas.

Para preparar un asesinato calculado, son necesarias muchas horas de dedicación. Una regla básica es no investigar nunca en el ordenador personal o en el del trabajo, información que pueda dar lugar a cualquier tipo de pista. Por eso utilicé siempre cibercafés para obtener la información. En caso de que las cosas no salieran bien, vi cuales eran los países que no tenían acuerdo de extradición con Portugal para sospechosos de crímenes; saqué el pasaporte.

Compré en pequeñas y diferentes tiendas de Lisboa utensilios que iba a necesitar para el 11 de marzo. Una pequeña manguera, un mechero, alcohol, una peluca, una bicicleta nueva, jeringas, lejía, una pistola falsa, lentes de contacto, esposas, una mochila, unas botas con un numero de calzado superior al mío, guantes, un jersey negro con capucha, pantalones negros y billetes de autobús. Todas las tiendas fueron escogidas por no tener cámaras de vigilancia, nadie me conocía, y todos los pagos fueron realizados en efectivo, jamás con tarjeta.

El día 10 de marzo, viernes, me dirigí al lugar a donde iba a llevar a Sofía al día siguiente. El Alto de Colaride fue el sitio escogido. Era una enorme zona verde que se encontraba en los suburbios de Lisboa, que hacia frontera entre las localidades de Massamá y Agualva-Cacém. Tal vez hace algunos siglos, fuera una zona maravillosa con vistas despejadas, había inclusive ruinas de una fuente romana. Pero en 2017, era un terreno prácticamente abandonado. La mitad estaba ocupada por un agricultor, que tenía varias cabezas de ganado bovino y vivía en el mismo centro del Alto de Colaride, en la única casa habitable, junto a un camino de tierra que atravesaba todo el terreno. La otra mitad estaba abandonada, era un bosque con matorral de reducida envergadura y con todo tipo de basura: escombros de obras, colchones, sofás, etc. Un lugar donde de noche era habitual ver coches aparcados con parejas sin casa propia.

Fui al final de la tarde y aparqué el coche en Massamá. Saqué la bicicleta del maletero y me dirigí al Alto de Colaride. El alquitrán dio paso al camino de tierra y me crucé con enormes vacas que pastaban lentamente, pasé por la vivienda que se encontraba en el medio y salí del camino, entrando en la maleza que dominaba la zona junto a la antigua fuente romana, había unos arbustos densos y algunos olivos abandonados, de los que nadie aprovechaba su fruto ni nadie podaba; miré a todas las direcciones para confirmar que no estaba siendo observada y coloqué la bicicleta entre la vegetación, esperando que nadie la encontrase en las siguientes 24 horas. Cuando volví a mi vehículo, era prácticamente de noche, no había nada de luz, fue un poco terrible andar sola por aquel sitio. Regresé a Lisboa, a casa de mi madre, estaba nerviosa, agitada, ansiosa. Tuve que tomar una pastilla (de mi madre) para dormir, aun sabiendo que podría ser perjudicial para el feto. Tuve un sueño agitado, creo que llegué a tener fiebre y deliré. Me desperté a media mañana, cansada, débil, con miedo e inseguridad. "No soy capaz, voy a desistir.

Estoy embarazada. No necesito matar a nadie." Ya era demasiado tarde y yo lo sabía, hacía mucho que lo había decidido: el día 11 de marzo era el día de la muerte de Sofía de Carvalho. Iba a poner el plan en marcha.

VI

Me levanté sin hambre y pasé el resto de la mañana sin comer nada, iba organizando la mochila y todos los detalles de la operación que tenía planeados para aquel día. Mi madre llegó con pollo asado para la comida y con las habituales compras del mercadillo, de los sábados por la mañana. Mientras comíamos las dos, ella me hablaba de sus compras, lo que estaba barato y caro, con quién había charlado y los últimos cotilleos del barrio, pero mi cabeza estaba lejos. Pensé que solo un año atrás, yo no vivía con ella, tenía mi propia casa y estaba casada con un caballero. Ahora estaba embarazada de un hombre casado y ese día me proponía dejarlo viudo. ¿Qué locura era esa? ¿Dónde estaría yo dentro de un año? ¿Huida en un país remoto? ¿Presa en alguna cárcel? ¿Todavía viviendo con mi madre y con un bebe? ¿Con André y Marcos en la casa de 200m2? La última opción era la que más me agradaba, pero tal vez no fuera la más probable.

Después comer, era hora de iniciar la acción. Empecé a maquillarme, había comprado una peluca de pelo negro y lacio que me llegaba hasta los hombros. Me puse lentillas verdes, como me resulto difícil y poco práctico colocarme las lentillas, tardé más de lo que esperaba. Me tapé con maquillaje una pequeña peca que tengo debajo del ojo izquierdo y coloqué un lunar postizo en mi mejilla del lado derecho. Mientras me preparaba, le hice un té a mi madre, pues tenía la costumbre de beberlo después de las comidas, en el cual coloqué una buena cantidad de comprimidos sedantes para que estuviera dormida durante toda la tarde.

Me vestí con la ropa negra que había comprado, confirmé la programación de televisión para aquella tarde y la dejé encendida con mi madre profundamente dormida ante ella. Dejé mi móvil en casa; la posibilidad de transmitir y captar señales de antenas o servidores de internet era demasiado arriesgada. Tuve el recelo de que Julio me llamase para pedir una cita o una oportunidad más, seguía con la esperanza de que yo reconsiderase volver o podrían incluso llamar sus hermanas y su madre para insultarme y confirmar que yo era una persona egoísta y desequilibrada. En el caso de que ellos llamasen, yo no iba a atender y eso seguramente quedaría registrado.

Salí de casa irreconocible, toda de negro, con unos bellos ojos verdes y el pelo liso y suelto. Había aparcado mi coche en otra calle, no quería que los vecinos de mi madre me viesen entrar al vehículo y me identificasen. Me dirigí hacia Massamá, al sitio preciso donde había aparcado el automóvil el día anterior, pero esta vez no fui al Alto de Colaride, fui en dirección opuesta, al centro de la ciudad para coger un autobús que me llevase a Oeiras. A la hora programada, llegó el autobús, subí e intenté no hacer contacto visual con el conductor ni con ningún pasajero. Media hora después había llegado a mi destino.

Sofía trabajaba en un parque tecnológico y científico bastante moderno, con varias empresas de renombre del mundo informático. Su empresa se ubicaba en un edificio grande, de tres pisos, que se hallaba delante de la recepción del parque. Dicha recepción y el edificio estaban conectados por un puente, por el que debajo pasaba una carretera con dos carriles en cada sentido. Por detrás, había un enorme campo de golf y delante, el aparcamiento para los trabajadores y clientes. Vine varios sábados a este lugar, estudié toda la zona y por muy tecnológico que fuera, no había cámaras de seguridad por el recinto, dentro de los edificios sí, existían, pero no había vigilantes o seguridad durante el día, solo iban por la noche. Así, fue relativamente fácil dirigirme al Volkswagen Golf blanco de Sofía, verificar que nadie me veía, introducir la copia de la llave que había hecho hacía varias semanas y entrar en su vehículo.

Llegué un poco antes de las 17 horas, ella salía a las 18, tenía más de una hora de espera en el coche, me coloqué en la parte de atrás del asiento del conductor, en un pequeño espacio, arrodillada y aguardé. Fui cambiando de postura cuando mis rodillas se quejaban y esperé. El coche por dentro estaba limpio, tenía un olor agradable, vi una bolsa con varios cds y rebusqué un poco a ver lo que encontraba, eran, sobre todo, de bandas brasileñas, angoleñas y caboverdianas; entre samba, kizomba y kuduro vi un pequeño tesoro, un cd que ponía "bandas islandesas (André)" me invadió la curiosidad por saber lo que contenía, ¿sería lo mismo que me regaló? Poco a poco, fue oscureciendo y cuando ya estábamos cerca de las 18 horas, el interior del coche se encontraba bastante oscuro, el cielo estaba cubierto y la lluvia amenazaba en cualquier momento. A medida que se aproximaba la hora, mis nervios iban aumentando, tenía la pistola falsa para apuntarle cuando saliésemos del aparcamiento y en caso de que ella se resistiese, le inyectaría lejía con mi jeringa y tendría que ser yo quien llevara el coche hacia el Alto de Colaride.

Al fin, la vi salir del edificio, mi corazón casi salió por la boca, mis manos estaban sudadas y tenía muchísima sed, no se me había ocurrido traer una pequeña botella de agua. Sofía no venía sola, había salido con dos compañeros más y venían en mi dirección. Pánico. Sed. ¿Sería posible que alguno de sus compañeros entrase en el coche con ella? Iba a ser descubierta. Sofía se quedó unos cinco minutos hablando con uno de los compañeros junto al vehículo, mientras el otro salió enseguida. Mi corazón galopaba, no conseguía tranquilizarme, coloqué una mano en la tripa, aquello no sería sano para el bebe. Quería salir de allí, que todo terminase, que yo ya estuviese en casa relajada. Los dos se despidieron y Sofía entró en el automóvil, colocó la llave en el contacto y reventó automáticamente una música con un ritmo estridente. ¿Cómo podía tener tan mal gusto esta mujer? Sería kuduro o alguna variedad parecida. Dejó salir en primer lugar a su compañero y después arrancó. Al salir del aparcamiento y entrar en la carretera, me senté, finalmente, en el asiento de atrás y le apunté con el arma.

- Aparca el coche. — Estaba tan nerviosa y con tanta sed que mi voz salió ronca, casi imperceptible.

Sofía dio un salto y un pequeño grito, miró atrás y abrió mucho los ojos.

- Por favor, no me mate.

- No, solo quiero tu dinero y, si haces lo que yo te diga, nadie va a sufrir.

- Coge mi cartera, te doy el código de mi tarjeta. No diré nada a la policía.

- Vas a hacer lo que yo te diga. Primero, conduce en dirección a Massamá, allá quiero tu tarjeta y código y yo iré al banco, después serás libre. Ahora arranca.

Amedrentada, Sofía estaba temblando y siguió con el coche dando tirones hasta que se tranquilizó un poco, le pedí cambiar de música y le di el cd de André.

- Es la música de mi marido, muy suave, siempre la ponemos cuando está nuestro hijo pequeño.

Por supuesto, intentaba ganar un poco de empatía conmigo, diciendo que tenía familia y un niño pequeño para que la asaltante tuviese un poco de piedad. No le contesté y le mandé callar y estar concentrada en la carretera. El cd de André no era el mismo que me había regalado, pero los grupos islandeses y escandinavos estaban todos presentes.

Había estudiado bien el recorrido y sabía que no había cámaras ni peajes. Era realmente extraño viajar con el sonido relajante de una banda nórdica, con un arma falsa en la mano y enfrente, la esposa del hombre que me había embarazado.

Ella tenía la misma edad que él, 41 años, tal y como yo la había visto en las fotos era baja, muy morena y un poco gordita. Tenía un rostro hermoso y se vestía de una forma elegante, parecía una mujer de negocios.

Cuando llegamos a Massamá y yo le mandé ir en dirección al Alto de Colaride, ella no entendió, se puso más nerviosa.

- Pero aquí ya puede usar la tarjeta, ¿para qué vamos a ese camino?

- Haz lo que te digo. Sube en dirección al Alto de Colaride y nadie te hará daño

Pasamos junto a mi coche aparcado; yo solo esperaba que todo terminase rápido para poder volver a estar dentro de él e irme a casa. Dentro del automóvil crecía una tensión que contrastaba con la música tranquila que sonaba, la canción de aquel momento era *Green Grass of Tunnel* de los islandeses Múm y me pareció una música adecuada para que alguien muriera con dignidad. Del alquitrán pasamos al camino de tierra, las vacas no estaban pastando, estarían ya recogidas por el ganadero, la única luz existente era la de los faros del vehículo de Sofía. La casa que estaba en medio del Alto de Colaride estaba sin luz, en la más oscura penumbra, parecía abandonada.

- ¿Dónde vamos?

- Estamos llegando, gira ahora a la izquierda después de aquella casa, apaga los faros y para el coche.

Paró el auto y yo le pedí el código de la tarjeta, después le di las esposas y le dije:

- Colócate las esposas en las dos manos y préndelas al brazo de la puerta del coche. Voy a confirmar la tarjeta y vuelvo enseguida.

- Por favor, no me mate, tengo un hijo de apenas ocho años, por favor. – Sofía lloraba, mientras colocaba las esposas alrededor del brazo de la puerta. – Tenga piedad, piedad.

Saqué la jeringa de la mochila y miré al cuello de la víctima, era ahí donde quería acertar, tenía miedo a fallar, de pincharme o dar en su abrigo. Había traído otra jeringa con lejía. Respiré hondo, mi muñeca temblaba violentamente, cogí impulso y, con demasiado ímpetu, acerté en la parte de abajo de su cuello y rápidamente perforé su carne e inyecté todo aquel líquido al interior de su cuerpo. Gritó de dolor; y, en pocos segundos, cayó sobre la puerta del coche. ¿Alguien habría oído aquel grito? Miré a mi alrededor, reinaba la mayor oscuridad y silencio posible. ¿Estaría muerta? Decidí avanzar con el plan.

Salí del coche, empezaba a llover lentamente, abrí el tanque de gasolina del vehículo y coloqué una pequeña manguera dentro, con una de las puntas en la mano, aspiré para que empezase a salir el combustible y, poco a poco, un líquido tan negro como aquella noche comenzó a salir. Quería quemar el automóvil pero sólo por dentro, pues si el tanque estuviese lleno de gasolina, podría haber una explosión y eso llamaría la atención. Aún con mal sabor en la boca por haber ingerido un poco de aquel líquido, con las manos y los pies encharcados en gasolina, entré en el coche, abrí mi mochila, retiré el alcohol y lo eché por todo el interior del vehículo, inclusive en la ropa de Sofía. No quería dejar ninguna pista, ninguna huella, ningún pelo, fibra o cabello. Había usado guantes y las botas eran del número 41, dos números mayor que el mío e insistí en pisar bien la gasolina mojada para que los policías pudiesen ver esa pista que yo les regalaba. Arrojé un mechero de modelo *Zippo* con la llama encendida para dentro del coche y la velocidad de propagación del fuego fue de tal magnitud, que tuve de retroceder para no quemarme. Corrí buscando mi bicicleta, pero quedé un poco desorientada por consecuencia del destello y me costó encontrarla, tuve miedo de que alguien la hubiese robado y tener que empezar a correr en plena oscuridad. La hallé. Me senté en el sillín y volví a pasar por el coche, que seguía ardiendo, con el cuerpo de Sofía en llamas en su interior. Si no había muerto a consecuencia de la inyección, ahora le resultaría imposible sobrevivir.

Pedaleé en dirección al camino de tierra, no conseguía ver el suelo que las ruedas pisaban, dado que la oscuridad era inmensa. Finalmente, llegué al camino y paré para dar el último vistazo al vehículo en llamas; cuando en la única casa allí existente se encendió una luz (una luz exterior para el pequeño patio que estaba delante de la casa y de la puerta del domicilio), se asomó un hombre. Seguro que el destello del coche incendiado le había llamado la atención y se asomó a la puerta para ver lo que ocurría. Me quedé bloqueada por el pánico, ¿qué debía hacer? Mi plan era ir en dirección a mi coche, pero para eso tendría que pasar por delante de su casa. Giré rápidamente y pedaleé en sentido contrario. ¿Tal vez él me vio? ¿Me perseguirá? Seguro que llamó a la policía o a los bomberos. Hasta el momento, mi plan había salido a la perfección, a partir de aquí tendría que improvisar. En aquel instante en el que pedaleaba en la oscuridad, bajo la lluvia, en dirección opuesta y sin saber lo que podría encontrarme por delante, pensé que lo más probable sería terminar el día en la celda de alguna prisión. ¡Qué ingenua había sido en cometer un crimen! Yo, una mera contable, imaginar que podría salir impune de semejante locura.

El camino de tierra dio lugar al alquitrán y a la luz artificial de varias farolas. Pedaleé cien metros más y llegué a un cruce. A mi lado derecho había un polígono industrial y logístico que, si rodeaba, podría llegar a mi coche en media hora como máximo, delante de mí había una carretera que bajaba e iba hasta el centro de la ciudad suburbana de Agualva-Cacém. A mi lado izquierdo había una señal de transito que decía Monte da Tapada, parecía un barrio residencial normal. Si estuviese en mi estado emocional habitual, la elección obvia sería girar a la derecha y rodear el polígono industrial, pero con las pulsaciones descontroladas, los nervios en punta, la boca seca y las malditas lentillas estorbándome la visión, giré a la izquierda, después de haber visto los faros de un coche que se acercaba por la carretera delante de mí.

Entré en el barrio residencial y rápidamente gané fuerzas, pedaleé para huir de las luces del coche, me adentré en una zona de villas con muros altos y perros ladrando, que dio lugar a una zona de edificios de cuatro pisos, rodeados por pequeños jardines. El barrio parecía dormido, no había nadie en la calle, ni circulaban coches. En seguida percibí el motivo de llamarse Monte da Tapada, una enorme bajada me guiaba automáticamente y a gran velocidad.

Bajaba velozmente y me di cuenta de que, por un momento, había perdido el control de mí misma y de la bicicleta, seguía sin rumbo, sin saber por dónde me llevaba la bicicleta, ni siquiera escogía las calles que bajaban y bajaban. Entré en una carretera que tendría un acusado descenso de 400 metros; tenía dos sentidos de tráfico, pero yo entré totalmente en el carril contrario y por suerte no fui a dar contra ningún vehículo o contra la acera. Al final del descenso, tuve que frenar a fondo para no chocar contra algunos automóviles que estaban allí aparcados. Controlé la bicicleta y verifiqué que me encontraba en el centro de la ciudad. Me ubiqué. Conocía poco aquel lugar, pero recordé que, a unos cien metros a mi derecha, había una comisaría de policía, fui en sentido opuesto, en dirección a la estación ferroviaria.

Mientras me dirigía a la estación, vi un cajero para retirar dinero en la parte exterior de un edificio, no había cámaras de vigilancia, usé la tarjeta de Sofía para comprobar que el código que me había dado era el correcto, marqué los números con mis guantes, seguro que este desfalco iba a figurar en las cuentas de André, el programa aceptó los números y saqué el máximo permitido, doscientos euros. Guardé el dinero en la mochila y mi mente empezó nuevamente a pensar. Tenía que salir de ahí y volver a mi coche, lo antes posible. ¿Cuáles eran mis opciones?

Mi idea original fue haber sacado el dinero en algún cajero cerca de mi vehículo aparcado y abandonar la bicicleta para que esta fuera "robada" por alguien al azar. Así, decidí dejar la bicicleta sin candado junto a una de las entradas de la estación de tren y esperar que algún valiente se la llevase a casa. Había parado de llover y yo me senté en un banco mojado de un pequeño jardín, para ver cuánto tiempo permanecía la bicicleta allí. Mientras, meditaba en como regresar a mi coche. Me entró angustia. Mi madre iba a despertarse y verificaría que yo no estaba en casa, tendría que pedirle que mintiera, ella sabría toda la verdad. Miré a la estación y pensé que estaría llena de cámaras en el interior, al igual que en el interior de los trenes, esa opción estaba fuera de cuestión. En la parte de abajo de la estación había una terminal de autobuses, que también debería tener cámaras. Una pequeña cola de taxis me llamó la atención. Sí, sería arriesgado, el taxista podría reconocerme, aunque yo estuviese maquillada. No tenía otra alternativa. Me apeteció fumar un cigarro desesperadamente, pero había dejado el vicio después de la noticia del embarazo. Y la bicicleta continuaba allí, nadie la llevaba a casa. ¡Por el amor de dios, estamos en Agualva-Cacém, una de las ciudades con más delincuentes del país y no hay un simple mangante que se lleve una bicicleta nueva a casa!

Antes de encaminarme a la zona de taxis, entré en un café para comprar una botella de agua y usar el baño; me arreglé un poco la peluca y reflexioné delante del espejo: "si te libras de esta, tendrás que creer en los milagros."

Volví al café y pensé en lo que le diría al taxista, sería mejor poner un acento, evitar el contacto visual y hablar lo menos posible. Mientras deliberaba, delante del café, parado en un semáforo, había un autobús, miré al letrero y decía: "Massamá Norte". En el momento exacto en el que salí corriendo del establecimiento, el autobús recibió luz verde y arrancó. Corrí tras él con la expectativa de que la próxima parada estuviese cerca, las botas pesadas y grandes no me ayudaban, le vi distanciarse, había perdido casi la esperanza cuando se paró. Eché una carrera con todas las fuerzas que me restaban y gesticulé para que me esperase. Llegué a tiempo, recuperé el aliento y dije con acento brasileño:

- Gracias, señor, ¿por dónde va este ómnibus?

- Va por el Monte da Tapada, pasa por el polígono industrial del Alto de Colaride y termina en la parte norte de Massamá.

- Vale, muchas gracias, una vez más.

Me senté en la parte de atrás y creí que me había salido bien, habían pocas personas dentro del autobús. Si este conductor fuese interrogado por la policía, era posible que recordase vagamente a una mujer brasileña de hermosos ojos verdes y nada más.

El recorrido que el autobús hizo fue exactamente el opuesto al que yo había hecho con la bicicleta. Subió lentamente la enorme cuesta hasta el barrio residencial, dio varias vueltas al mismo y se dirigió al polígono. Durante unos cincuenta o cien metros, pude ver el resultado de mi obra. Varias sirenas y algunos focos iluminaban el lugar, dos coches de bomberos y una ambulancia. Entramos en el polígono, trabajadores subían y bajaban del vehículo. Estaba ansiosa por llegar a la última parada y dirigirme a mi coche. Cuando llegué, aún tuve que andar cinco o diez minutos hasta llegar a mi automóvil.

Llegué y me senté al volante, empecé a llorar, ya no tenía más fuerzas, seguro que mi madre estaba despierta, quería desaparecer, dormir profundamente durante horas, días, semanas. Me limpié las lágrimas y, en media hora, volví a aparcar el coche en una calle alejada de casa de mi madre, no me crucé con nadie e intenté hacer el mínimo ruido posible al introducir la llave de la puerta de casa, me dirigí inmediatamente al baño para quitarme la peluca y las lentillas. Después, me dirigí a la sala.

La televisión estaba encendida y mi madre estaba medio dormida, había encendido una luz suave que teníamos al lado del sofá.

- ¿Dónde has ido?

- A ningún lado.

- ¿Qué botas son esas? ¿Has venido de la calle? No sé qué me ha pasado, pero he estado toda la tarde aquí dormida, siento que tengo la cabeza pesada. ¿Qué lunar es ese que tienes en la cara, ahí en la mejilla?

Me excusé y salí; verifiqué que nadie me había llamado al móvil, coloqué toda la ropa en una bolsa, tomé un baño de agua caliente y reviví todos los acontecimientos de aquella tarde, una y otra vez. Era posible que hubiese dejado pistas. Y André, ¿cuándo le iban a informar? ¿Habría alguna posibilidad de que ella estuviese viva? ¿Podrían ser que la bicicleta tuviera ya dueño? Y el hombre que encendió la luz, ¿podría identificarme? ¿Podría mi madre confirmar mi coartada, sin hacer referencia a su rara somnolencia y mi extraña apariencia cuando llegué? Y el bebe que llevaba en el vientre, ¿estaría bien después de esta convulsión de sentimientos? Las cartas estaban echadas, tendría que esperar y saber cuál era mi destino.

Después de una noche en la que volví a dormir con tranquilizantes, me desperté temprano, cogí mi mochila, la bolsa con la ropa y las deposité en varios contenedores de basura, me deshice de todo. Aspiré y lavé el coche. Compré el periódico Cronista de Lisboa y vi la pequeña noticia sobre la muerte de Sofía. Esperé durante todo el día a que alguien me llamase para avisarme de la muerte de la esposa de André. Nadie me llamó.

Fui a trabajar al día siguiente, ansiosa por saber lo qué podría encontrarme en la oficina, en el periódico no hacían referencia alguna al homicidio. Al llegar, la noticia de la muerte de Sofía era el único tema. La habían raptado, violado, habían sacado mucho dinero de la cuenta bancaria, más rumores, más teorías, ninguna sospecha seria.

- ¿Y André? – Pregunté – ¿Alguien sabe algo?

- Está mal, muy decaído, el funeral es el miércoles. – Dijo alguien.

El miércoles, todos los trabajadores, entre los que estaba incluida, fuimos al funeral; había mucha gente y yo estaba nerviosa; había ido al funeral de la mujer que asesiné. Cuando vi a André, el corazón me dio un fuerte golpe, parecía que se me iba a salir, le observé durante un rato. Estaba vestido de negro, con gafas de sol y bastante pálido, tenía el semblante cansado.

Cuando terminó la ceremonia esperé para despedirme de él.

- Te acompaño en el dolor, André.

- Gracias, Marina.

Me dio un abrazo fuerte y pasó su mano por mi rostro, sentí su olor y me quedé sin palabras ni reacción, quería haber preguntado por Marcos, pero, cuando me recompuse, ya se había alejado y estaba rodeado por otras personas que le querían dar las condolencias.

Reparé en que había dos figuras que no encajaban en aquel lugar, un hombre y una mujer. Estaban apartados de todo, observaban atentamente y se susurraban al oído. Eran policías. Posiblemente serían los que investigarían el caso. Él era bajo, no llegaría a 1,70m, un poco gordo, usaba una chaqueta de cuero muy gastada, tenía una pequeña coleta, aunque tuviese poco pelo en la parte delantera de la cabeza, seria cincuentón, o casi. Ella era negra, no muy oscura, sería mulata, más alta y más joven que él, vestía elegantemente, era delgada y tenía el pelo hermoso y rizado.

II Parte

Oscar

El día 11 de marzo, me acuerdo perfectamente que estaba en mi despacho, había terminado de entrar al servicio. Tenía toda la noche por delante y no tenía asignado ningún caso. Sabía que, si hubiese algún homicidio en aquel final de tarde o noche, yo me quedaría con el caso, pero tenía la esperanza de que no hubiese ninguno aquel día en el área metropolitana de Lisboa.

Como detective de homicidios que soy, desde hace más de 20 años, me gusta repasar los asesinatos que me asignaron y que no logré solucionar. Es algo que me gusta hacer cuando no tengo ningún caso entre manos. Tengo la teoría de que un asesino, cuando mata a alguien y no es considerado culpable, tiene la tendencia a reincidir nuevamente en el crimen para solucionar sus problemas personales. Por eso, me gusta escudriñar la vida de los sospechosos de homicidios que andan sueltos por ahí. Espero a que cometan algún desliz.

Desafortunadamente, los casos que quedan por solucionar son muchos, en lo que a mí respecta el 40% de los que pasaron por mis manos no conseguí hallar al culpable y aun así puedo presumir que soy el detective con mayor número de casos resueltos, pues el porcentaje de casos sin resolver en nuestro departamento pasa del 50%. Ya sé que, en las series americanas sobre homicidios, los asesinos son siempre encontrados, pero en la vida real, las cosas no funcionan así, sobre todo en un país con pocos recursos como es Portugal.

Hay dos razones por las que yo tengo el mejor porcentaje del departamento: la primera es que adoro mi trabajo, siempre me gustó solucionar ecuaciones matemáticas o hacer puzles y veo la resolución de un homicidio como un desafío mental para mí. Me obsesiono con cada caso, no descanso hasta encontrar al culpable o hasta hallarme en un callejón sin salida, oscuro. Sí, sé también que, al final de cada episodio en las series americanas, el culpable se entrega a la justicia, pero en la vida real, es un proceso lento, burocrático, para el que se requiere paciencia y, a veces, resulta desesperante. La segunda razón es tan simple como que tengo suerte, tal vez tenga un ángel de la guarda que me entrega, en general, los casos más fáciles, casos donde el autor del crimen es demasiado evidente o donde es suficiente una pequeña investigación para encontrar los cabos sueltos. Prefiero pensar que la primera razón prevalece a la segunda, que soy realmente un buen profesional.

Mientras me preparaba para revisar antiguos casos, mi jefe entró con ímpetu en mi despacho:

- Tienes un caso nuevo, Oscar, vete hacia el Cacém, parece que encontraron el cuerpo de una mujer en un coche carbonizado.

Me dejó un papel con el teléfono del comisario de la policía local y salió rápidamente de la habitación. Me pareció grosera su actitud, sin un simple saludo y dándome un número de teléfono que ya tenía hace años. La ciudad satélite de Cacém es de las zonas donde la tasa de homicidios es más elevada y por este motivo, ya tuve el placer de trabajar con el comisario de la policía local en otras ocasiones.

Llamé a mi compañera de equipo, Dalia, para que se preparara, pues teníamos un nuevo caso y en cinco minutos partiríamos hacia el lugar del crimen.

Aunque me guste presumir de que conozco muy bien el área metropolitano de Lisboa, tengo que confesar que tuve que llamar dos veces al comisario para encontrar el sitio donde estaban. Cuando me fui acercando al lugar, recé para que éste estuviese lo menos contaminado posible por parte de los agentes policiales y bomberos involucrados. Tratándose de un incendio, seguro que el criminal intentó no dejar ninguna huella y obviamente, los bomberos tuvieron que apagar ese incendio, lo que posiblemente dejaría el coche sin ningún tipo de pista física.

Al llegar al lugar, había un cierto alboroto alrededor del vehículo carbonizado, varios faros de los coches policiales y de los bomberos iluminaban el sitio y mis temores tenían fundamento: el lugar estaba contaminado, tanto por los policías como por los bomberos que andaban alrededor del automóvil sin ningún cuidado. Una vez más, me pregunté si merecía la pena gastar dinero en formar a esta gente, en vistas a saber cómo actuar en situaciones como ésta.

La primera medida que tomé fue hacer un perímetro alrededor del coche, para que nadie pudiese pasar. Pedí a Dalia que hiciera las fotografías tanto de la víctima como del vehículo, aunque hubiese mucha luz artificial, las condiciones de trabajo eran horribles, llovía moderadamente, había demasiada gente y barullo alrededor del incidente. El trabajo de buscar alguna huella, algún pelo, sangre o impresión digital podría esperar al día siguiente, a plena luz del día, pero había que sacar fotografías de la víctima aquella noche, ya que estaba allí la ambulancia para llevarle a hacer la autopsia.

- Detective Oscar, venga aquí, parece que tenemos un testigo. – El comisario de la policía local me llamaba por detrás de un coche policial.

Saludé a los dos hombres con un apretón de manos y esperé a que el testigo hablase.

- Como ya he dicho a sus compañeros, no he podido ver mucho. Yo estaba en casa, mi mujer ha visto un destello y me ha dicho: "Manuel, vete a ver lo que pasa ahí delante, parece que hay una luz fuerte." Yo fui al balcón a mirar, encendí la luz y entonces el coche ya estaba en llamas y vi a una persona encima de una bici que venía en mí dirección, cuando me vio, dio media vuelta y se fue en dirección contraria.

El hombre parecía salido de alguna serie de televisión cómica. Era bajo, menudo, con un bigote tupido y una enorme tripa. Llevaba, a aquellas horas de la noche, una gorra en la cabeza.

- ¿Y usted ha podido ver el rostro de la persona? – Dije yo.

- No, solo he visto un bulto, la bicicleta tenía algo de rojo, pero estaba demasiado oscuro para ver cualquier cosa. Yo ya dije varias veces al alcalde del ayuntamiento que asfaltara este lugar y colocara farolas en la calle. Por la noche, siempre vienen aquí granujas o parejas y ya se esperaba una desgracia como ésta. Yo avisé, más de una vez, pero ellos solo se acuerdan de nosotros cuando hay elecciones; pero aquí el Manuel avisó.

No merecía la pena hablar más con aquel personaje, seguro que iba a aprovechar la llegada de los periodistas buscando morbo para vender su patraña. Podemos concluir que el testigo vio a alguien en una bicicleta, tal vez roja, dirigiéndose a Massamá, pero que, al verlo, dio media vuelta.

Había poco más que hacer por allí, a aquella hora. El cadáver estaba en mal estado, no encontramos su bolso para poder identificarla, y solo vimos que en el asiento del copiloto había un ordenador portátil, prácticamente derretido por el calor del incendio. Sería imposible sacar alguna prueba del aparato, pero me llamó la atención de que si hubiera sido un simple ladrón, se hubiera llevado el portátil, siempre tendría algún valor.

Aunque el interior del coche estuviese bastante deteriorado por el incendio y posteriormente por el agua presurizada utilizada por los bomberos, el exterior del vehículo estaba decentemente conservado. Fue fácil obtener la matrícula y consecuentemente el nombre del propietario del automóvil, en este caso propietaria, Sofía de Carvalho, que, por supuesto, pensé que sería también la víctima. Antes de volver a mi despacho, solicité al comisario de la policía local que dejara una patrulla en el lugar para que al día siguiente, al alba, pudiésemos volver a buscar pruebas y huellas.

La parte que menos me gusta de mi trabajo es tener que llamar a los familiares de algún cadáver encontrado y anunciarles su muerte. Gajes del oficio.

A través de nuestro rudimentario sistema informático, conseguí obtener el nombre del marido de Sofía y el teléfono de su casa. Nadie atendió. Después de perder más de una hora, volviéndome loco, con las operadoras telefónicas para que me diesen el número del teléfono móvil de un individuo llamado André de Carvalho, logré finalmente hablar con él, eran casi las diez de la noche.

A partir del momento en que Sofía de Carvalho fue encontrada en su coche sin vida, el principal sospechoso es el marido, el 80% de las víctimas por homicidio son asesinadas por personas conocidas y los compañeros sentimentales son siempre los principales sospechosos. En este caso, su marido no se encontraba en Lisboa, había ido a su tierra natal a visitar su madre, que vivía en una residencia de ancianos y él se quedó hospedado en la casa de su hermano. Tenía coartada. Además, su reacción al recibir la noticia fue de auténtico choque. Se puso a disposición de hacer el viaje de regreso a Lisboa enseguida, dos horas más tarde me lo encontré a la puerta de la morgue donde se iba a realizar la autopsia.

Venía nervioso, con un semblante serio y preocupado, al saludarme con un apretón de manos, noté su piel helada. Era un tipo alto, delgado, atractivo, elegantemente vestido. Le guíe por los pasillos fríos e impersonales de la morgue, él me hizo un par de preguntas que yo evité contestar hasta que identificase el cuerpo de aquella mujer, como el de su esposa.

El cuerpo estaba encima de una camilla médica, tapado por una sábana blanca, la sala estaba bien iluminada y el médico estaba esperándonos. El reconocimiento del cuerpo es para mí un testimonio importante del comportamiento familiar. Desespero y dolor en el caso de confirmar que se trata de alguien cercano, o alivio, caso sea un desconocido. Cuando el médico retiró la sábana de la cabeza, André observó el rostro de su esposa: deteriorado, quemado, desfigurado y tuvo una reacción de enorme angustia. Lloró y gritó: "No, no", el médico y yo nos retiramos a un lado de la sala para darle un poco de privacidad. André se agachó, abrazó a su esposa y con la mano le tocó el rostro quemado y gritó más suavemente: "¿por qué?".

Le llevé a mi despacho e intenté, junto con Dalia, tener una conversación con él.

- Señor André, ¿su esposa tenía enemigos?

- ¿Enemigos? No, por supuesto que no.

- ¿Cuándo fue la última vez que habló con ella?

- Ayer, al mediodía, cuando Marcos, nuestro hijo, y yo habíamos llegado a casa de mi hermano.

- ¿Cuáles eran sus rutinas? ¿Ustedes mantenían una buena relación?

- Marcos... ¿Cómo le voy a decir lo de su madre? ¿Desapareció? ¿Fue al cielo? ¿La quemaron?

Bajó la cabeza y una lágrima le cayó por el rostro. Volvió a hablar, pero su voz estaba desgarrada de dolor, los ojos rojos llenos de lágrimas y se notaba la saliva en sus labios.

- ¿Ella sufrió? ¿La quemaron viva?

- Todavía no lo sabemos, señor André, tenemos que esperar a la autopsia.
– Dalia se acercó a él y le dio un vaso de agua, apoyando su otra mano en el hombro de André.

Hubo un silencio, y tanto Dalia como yo ya sabíamos que no valía la pena interrogar a un hombre en aquella situación, le aconsejamos irse a casa y organizar los preparativos para el funeral. Si teníamos pocas dudas de que André no tenía nada que ver con aquel crimen, él aún nos dio más motivos cuando dijo:

- Quiero ayudar con lo que pueda en la investigación. Sofía escribía diarios hace muchos años, desde que yo me acuerdo, podrían ir a casa y recogerlos. Tenía también un ordenador personal, o sea, pueden ir ahora mismo a casa y buscar lo que quieran.

Mientras Dalia se quedó en el despacho a tratar temas burocráticos, yo acompañe a André hasta su domicilio, fuimos cada uno en su vehículo. Vivía en un barrio histórico del centro de la capital, su vivienda era grande y bien decorada, se notaba que pertenecía a una clase media-alta, posiblemente tendría alguna criada que una o dos veces por semana venía a hacer las tareas domésticas más necesarias. La habitación de la pareja era espaciosa y André me dio total libertad para moverme por los cajones y armarios. Su esposa tenía fascinación absoluta por el calzado, había más de treinta pares de diferentes zapatos, muchísima ropa, perfumes, cremas y muchos cuadernos de diarios, más de diez de distintos años. Traje todos los que encontré. Había mucho trabajo por delante.

II

Las primeras 48 horas son esenciales para cualquier investigación. Hay que obtener el mayor número de pruebas físicas y buscar testigos que accidentalmente puedan haber visto algo. Mientras Dalia se quedó como encargada de leer todos los diarios y buscar información en el portátil de Sofía, yo volví al lugar del crimen por la mañana, después de haber dormido algunas horas.

Dalia y yo somos compañeros de equipo desde hace más de diez años, poco a poco nos fuimos acostumbrando a las manías de cada uno y trabajamos de forma bien organizada. Yo hago sobre todo el trabajo de campo, mientras ella se queda en la oficina con el trabajo más burocrático. Funcionamos bien y, además de compañeros de trabajo, somos también amigos. Una vez al mes hacemos una comida, todos juntos, con mi familia y la suya. Es una persona íntegra, inteligente y dedicada al trabajo. Sus padres son de origen caboverdiano, pero ella ya nació en Lisboa, ésta es su tierra. Aunque tenga acento lisboeta, sabe usar el criollo y poner acento africano y siempre que hay algún problema con caboverdianos o descendentes, Dalia toma la iniciativa de la investigación.

Cuando fui al terreno por segunda vez, todo me parecía diferente: la lluvia del día anterior había dado paso a un día de sol radiante, desde el lugar del crimen se podían visualizar los distintos barrios y urbanizaciones de las dos ciudades suburbanas, de un lado Massamá y del otro Agualva-Cacém.

En el interior del coche, no había prácticamente nada que se pudiera aprovechar. Estaba calcinado, sobre todo los asientos y la tapicería, el vehículo iría a nuestro taller y un compañero mío intentaría encontrar alguna prueba; algo de lo que yo dudaba mucho. Reparé que en la radio del automóvil había un cd, se había salvado del incendio y con un poco de esfuerzo lo saqué, tenía escrito: "bandas islandesas (André)", lo guardé como prueba, sin darle gran importancia.

En el suelo, entre todas las huellas que había, conseguí diferenciar una, se encontraba junto al tanque del coche y después seguía hasta lo que parecía ser una fuente romana, las huellas desaparecían y eran sustituidas por ruedas de una bicicleta. El hecho de que hubiera llovido y el terreno estuviera medio embarrado, fue sin duda, una suerte para la investigación. Examiné las huellas, yo diría que tendría el número 40 o 41, la suela parecía nueva, poco gastada.

Había varias preguntas que me hacía a mí mismo sin respuesta: ¿Cómo es que Sofía vino a parar aquí? ¿Había quedado con una persona en bicicleta aquí? ¿Habría sido obligada a venir hasta aquí? ¿Estaría la bicicleta escondida entre los arbustos junto a la fuente romana? Había marcas de rueda de bicicleta que provenían de la fuente romana. Si el asesino iba en dirección a Massamá y tuvo que cambiar, seguro que tenía que cruzar el polígono industrial para volver a Massamá. En esos polígonos, hay siempre vigilantes; hay que preguntar a todos sobre una persona con una bicicleta roja.

Mientras pensaba y caminaba por el camino de tierra, haciendo el recorrido que hubiera hecho la bicicleta, sonó mi móvil, era André, le había dado mi número para cualquier información que pudiera surgir.

- Buenos días, detective, estuve repasando los movimientos bancarios y ayer, alrededor de las 19 horas, alguien sacó 200 euros en un cajero de Cacém, con la tarjeta Visa de Sofía.

Me dio el número del cajero, nuestro ciclista asesino tuvo dos opciones: la primera sería ir por la carretera principal, con más tráfico o entrar por un barrio residencial. Era imposible saber cuál de ellas, pero, si hubiese entrado en el barrio, cabría la posibilidad de que algún residente lo hubiese visto. Pedí al comisario de la policía que enviase dos agentes hasta el barrio, para preguntar si alguien había observado a algún ciclista entre las 18:30 y las 19:00. No sería fácil.

Al llegar a dicho cajero, vi que no tenía ninguna cámara de vigilancia, aun así, con pocas esperanzas, pedí a Dalia que me enviase a alguien a tomar las huellas dactilares de aquella máquina, seguro que habría centenares, pero tal vez nuestro asesino hubiese dejado la suya. ¿Cómo volvió atrás desde aquel sitio? ¿Volvería a Massama? ¿Cómo? ¿En bicicleta? Parecía poco probable; mi primera intuición fue el tren, la estación ferroviaria estaba justo delante de mí y tendría seguramente decenas de cámaras. Por debajo de la estación había una terminal de autobuses, también vigilada. La probabilidad de haber viajado en taxi con la bicicleta era remota. Así que, volví a llamar a Dalia para pedirle que iniciase los trámites para obtener las grabaciones de las diferentes cámaras de vigilancia y entrevistas con los distintos conductores de taxis y autobuses, que habían trabajado el sábado alrededor de las 19 horas.

El resultado de la autopsia salió el lunes, no había indicios de violencia, ni agresión sexual. A la víctima le había sido inyectada lejía o algún detergente parecido en el cuello y después, ya inconsciente, había muerto quemada con las manos esposadas a la puerta del coche, para que no tuviese posibilidad de huir y sobrevivir. Muy macabro y enfermizo. No había ni en su cuerpo, su ropa, ni en sus restos mortales ninguna fibra de alguien que pudiésemos guardar como prueba. Habían hecho un buen trabajo para borrar las huellas y la tarjeta Visa de Sofía no había sido utilizada nuevamente, lo cual llevaba a otra pregunta: si era un asesinato con fines económicos: ¿por qué no volvió a sacar dinero? ¿Ni robó su ordenador portátil o su alianza?

Tenía varias preguntas para hacer a los familiares de Sofía, sobre todo a André, por eso esperamos a que se celebrase el funeral, el martes, para que, en los días siguientes, fuesen llamados a declarar los diferentes familiares. El funeral se llevó a cabo en el cementerio de Lumiar, relativamente cerca de la casa de la fallecida, estaba repleto de gente, entre familiares, amigos, compañeros del trabajo, conocidos y curiosos. Observé con atención los pasos de André buscando alguna reacción anormal o complicidad extraña, pero no detecté nada.

III

El miércoles por la tarde, André se presentó en mi despacho para ser interrogado. Dalia ya había leído prácticamente todos los diarios de Sofía y habíamos llegado a la conclusión de que André estaba casi descartado como sospechoso. Sofía jamás habló de ningún comportamiento violento, amenazas o discusiones enfurecidas. No había, en los últimos diarios, ninguna referencia a una petición de divorcio o conducta anormal por parte de André, al contrario, Sofía se sentía en deuda con él.

André entró en mi despacho, con aire tranquilo, cordial, vestido elegantemente de negro, preparado para ayudar en lo posible. Dalia y yo empezamos el interrogatorio.

- ¿Su esposa le habló de algún plan especial para aquel sábado?

- No, hablé con ella al mediodía y ella tenía la idea de ir a casa, relajarse delante de la tele, durante la noche, y el domingo ir a comer con su madre.

- ¿Desconfía usted de alguien? ¿Ella tenía enemigos o problemas? – Preguntó Dalia.

Pensó un poco y negó con la cabeza.

- No, que yo sepa nadie le odiaba tanto como para cometer algo así.

- ¿Cómo era vuestra relación? – Pregunté yo, era hora de abrir hostilidades.

- Bien, yo diría que normal. Este año haríamos veinte años juntos. Tuvimos nuestros altibajos, nuestras fases menos positivas, pero siempre las íbamos superando. Yo diría que era una relación normal.

- ¿Usted le era infiel? ¿Hubo otras personas durante estos veinte años?

André me miró a los ojos, después miró a Dalia y de nuevo a mí y con una voz pacífica y sincera dijo:

- No, no le fui fiel. En ese campo estuve lejos de ser un marido ejemplar. Soy vendedor de tapones de corcho y mi deber es convencer a los productores de vinos de comprar nuestros productos. Utilicé métodos poco ortodoxos para lograr mis objetivos. Frecuenté casas de prostitutas con mis clientes y tuve tres relaciones extraconyugales durante estos veinte años.

Debo decir que me empezó a gustar este individuo desde los primeros momentos; era el típico "buen canalla", un tipo que era sincero, asumía sus errores y fallos y no intentaba justificarse. Lo que me dijo me dejó más tranquilo para preguntarle sobre un tal Luis. Parece que él no era el único que engañaba a su pareja. Sofía tenía un amante.

En los diferentes diarios encontramos dos posibles sospechosos: el primero era Luis, un antiguo exnovio de antes de conocer a André. Nunca habían perdido totalmente el contacto y, después del nacimiento de Marcos, Sofía había empezado a tener citas con él. Eran encuentros puramente sexuales. Sofía creía que Luis era un auténtico imbécil e inculto, y lo que buscaba era huir de la rutina y mejorar su ego, que, después del nacimiento de su hijo, se había deprimido a causa de su cuerpo. Ella se sentía culpable de las traiciones a su marido y, en los últimos tiempos, había intentado terminar con la relación, pero Luis, un tipo con problemas financieros, le había exigido una cuantía por permanecer callado y no contar nada a su marido. Sofía acababa casi siempre cediendo y pagando alguna deuda de Luis y en ocasiones volvía a tener relaciones con él.

El segundo sospechoso era un compañero del trabajo, los dos se estaban disputando un puesto de dirección importante y, de acuerdo a su diario, él había realizado amenazas a Sofía en una discusión en el lugar de trabajo, algunas semanas antes. Él, junto con otro compañero, habían salido de las oficinas con Sofía a las 18 horas, le acompañaron a su vehículo y media hora después ella estaba en el Alto da Colaride.

- ¿Usted conoce a algún Luis de Sousa?

- No, el nombre no me suena de nada.

- En el diario de su esposa se habla de él, - intenté ser lo más sutil posible – parece que ellos tenían un asunto amoroso, en estos últimos cinco años.

Hubo un silencio incomodo en la sala, no sabía qué actitud podría tener André. Reflexionó un poco y, con aire tranquilo, dijo:

- Tal vez hasta sospechará que ella me engañase con otra persona, pero creo que, de verdad, nunca quise saber. Nunca fui celoso, ni posesivo, nunca le controlé los pasos, así como ella nunca me controló a mí. No estoy sorprendido, quizá aliviado de que la infidelidad fuera recíproca. No me acuerdo de ningún Luis de Sousa.

Durante mis veinte años de detective de homicidios había visto muchas infidelidades, traiciones, engaños y siempre me preguntaba si esto sería lo normal. Yo estaba casado desde hacía 23 años con mi esposa, después de ocho de noviazgo, ella fue mi segunda novia y nunca le engañé. Una vez más, al revés de lo que ocurre en las series norteamericanas, yo siempre fui un detective que adoraba mi trabajo, nunca necesité enrollarme con prostitutas para huir de la rutina, ni necesité jamás de ahogar mis angustias en alcohol. Fui un hijo amado y querido por mis padres, tuve una infancia agradable con mi hermano más joven y ahora tenía dos hijas gemelas de 16 años, que amaba y que me habían dado muchas alegrías a lo largo de su vida. O sea, yo era un tipo feliz, con la profesión idónea, con una relación estable y una familia unida. ¿Sería yo la norma de excepción en una sociedad cada vez más promiscua y sin principios, donde todo es efímero y descartable?

- Hábleme de sus tres… - no sabía qué palabra utilizar – tres deslices, o sea, de las tres relaciones que tuvo. ¿Con quién fueron?

- La primera fue hace muchos años, unos diez o más. Hubo un tiempo en el que tenía que ir a menudo a nuestra fábrica del norte del país. Me enrollé con la recepcionista del hotel donde solía quedar, fue durante un tiempo, no fue nada serio. Un día se casó y me informó que lo nuestro había terminado. Hace años que no sé nada de ella. La segunda fue con una compañera del trabajo, hace unos cinco años, los dos trabajábamos en el mismo área y pasábamos muchas horas juntos. Hicimos viajes al extranjero, solos, y al final sucedió.

- ¿Cómo se llamaba?

- Natacha.

- ¿Tiene apellido?

- Volkov, sus padres son ucranianos.

- ¿Y ya habéis terminado la relación?

- Sí, poco a poco nos fuimos alejando. Ella es bastante más joven que yo y buscaba algo más serio y estable.

- ¿Y la tercera? – Pregunté yo un poco fascinado por la vida y por el personaje que tenía delante.

- La tercera fue más reciente. También es una compañera de trabajo, una contable, fue bastante breve. Estuvimos juntos tal vez un poco más de un mes, desde esta última navidad hasta el final de enero. Una mujer íntegra y con principios que ya no quería ser la amante.

- ¿Cuál es su nombre?

- Marina Fonseca.

Apunté sus nombres, iba a llamar a las dos a declarar; nunca se sabe cómo puede actuar una mujer después de un disgusto amoroso. Las mujeres, para mí, continúan siendo una incógnita, algo indescifrable, aunque este rodeado de ellas a diario.

- Su esposa escribió en el diario que tuvo una discusión fea con un compañero de trabajo, ¿sabe usted alguna cosa?

- Sofía era muy competitiva, era habitual quejarse de sus compañeros, de luchas internas. No recuerdo nada reciente, pero también es posible que ella me lo contase y yo no prestara atención.

¡Cómo le entendía! Yo siempre tuve ese don; el de solo prestar atención a la mitad de las cosas que me decía mi esposa. El interrogatorio estaba terminando, pero había algo que quería saber.

- ¿Sofía tenía seguro de vida?

- Sí, al igual que yo, creo que por valor de la mitad de nuestra hipoteca.

Por lo que vi de la casa, concluí que era un seguro de vida muy elevado. Di por terminada la amena conversación entre los tres, pero antes de que saliese me acordé de preguntar:

- ¿Qué estilo de música le gustaba a su mujer?

- Música marchosa cantada en portugués con acento africano o brasileño. ¿Por qué?

- En la radio del coche había un cd con música islandesa que tenía su nombre.

- ¿De verdad? Ella odiaba ese estilo de música.

IV

El interrogatorio al resto de los familiares de la víctima fue infructuoso, no aportaron ninguna novedad al caso. Tanto la madre de Sofía como su hermano no presentaron ninguna pista o sospecha.

El resultado del examen del vehículo automóvil confirmó aquello que ya esperaba: nada. Ninguna prueba, ninguna huella dactilar. Los exámenes a las pisadas encontradas correspondían al número de calzado 41. Las grabaciones de las cámaras de vigilancia no mostraban imágenes de ningún individuo con una bicicleta roja. Las huellas en el cajero eran muchísimas e imprecisas. Tanto los taxistas como los conductores de autobús no habían visto a nadie con bicicleta o presenciado algo anormal a aquella hora, tampoco los vecinos del barrio residencial. Nadie había visto nada. El asesino de la bicicleta se había esfumado, desaparecido, evaporado.

Había claramente dos sospechosos en los que recaían mis esperanzas de encontrar alguna solución: el primero era Luis de Sousa, el amante de la víctima, el segundo era su compañero de trabajo y rival, que había sido uno de los últimos en verla con vida.

Antes de interrogar a Luis de Sousa, hice un informe sobre el personaje. Tenía realmente una historia inusual y triste. Había sido criado por la abuela, sus padres le habían abandonado siendo aún bebe. Después de la muerte de ésta, tuvo que irse a vivir con una tía, que al poco tiempo de haber cumplido los 18 años, dejó de darle cobijo y Luis se vio obligado a buscar una casa y trabajo. Tuvo siempre trabajos duros, físicos; en los últimos años, trabajaba en una empresa de transportes y montaje de muebles, tenía un sueldo bajo y una hipoteca en una de las zonas más pobres de los suburbios de Lisboa. Poseía varios créditos con su banco; estaba ahogado hasta el cuello en intereses. Nunca se había casado y no tenía hijos. Como afición, le gustaba levantar pesas en el gimnasio para estar lo más musculoso posible. Tenía problemas de autoestima.

Apareció en el despacho con un semblante duro, la ropa ajustada para que se viese bien que estaba cachas. Era de mi altura, 1,70m, o poco más. Mascaba chicle y tenía el pelo (o lo que le restaba de él) rapado, estaba medio calvo, como yo. Hablaba alto y decía frecuentemente que no tenía tiempo para payasadas, que era un hombre demasiado ocupado y que tenía prisa.

- Siéntese, por favor, señor Luis. Seremos lo más breve posible.

- Me parece bien, pues tengo un camión para descargar dentro de un rato. No me pagan para estar aquí de cháchara.

- Señor Luis, vamos al grano para no perder su tiempo, ¿conocía usted a la señora Sofía de Carvalho?

Se mostró nervioso, agitado, no encontraba una postura cómoda en la silla.

- No, no la conocía, ni la conozco.

Realmente las mujeres eran un misterio para mí. ¿Cómo es que Sofía, casada con un hombre tan elegante y encantador, podría tener una relación con aquel neandertal?

- Señor Luis, yo tengo aquí en mi posesión el diario de doña Sofía, que murió el día 11 de marzo, y ella dice que ustedes fueron amantes y que usted le exigió dinero para no contar nada a su marido.

- Eso es mentira. Yo no hice nada, no maté a nadie y soy inocente. – El neandertal Luis estaba cada vez más agitado.

- Nadie le está acusando de nada… todavía.

- Vale, a veces echábamos un polvo, ¿y qué? ¿Está prohibido? A ella le gustaba el buenorro de aquí y yo le hacía aquello que su marido no sabía hacer. – Miró a Dalia y le echó un guiño, como si fuera un hombre irresistible, Dalia tuvo que controlarse para no echar una carcajada. – Y, sí, recibí pasta de ella, me metí en un apuro y ella me ayudó. Nunca le obligué a nada.

- ¿Dónde estaba usted el día 11 de marzo?

- A ver, ¿ahora ya soy culpable? ¡Estáis locos! Quiero un abogado. Me niego a hablar más.

- Si quieres un abogado, solo tienes que llamarle. Toma, coge el teléfono.

Hubo un silencio, poco a poco Luis se iba hundiendo en su silla, tendría que decir lo que sabía.

- Ya hace mucho tiempo que no sabía nada de ella. Tal vez un año, o casi. Ella me evitaba y, sí, yo le conté que estaba con deudas, necesitaba ayuda. Es posible que dijera que si no me daba el dinero, se lo diría a su marido, pero de ahí a matar a alguien va un gran paso.

- Hay llamadas suyas a ella de hace un mes. Encontramos en el móvil de Sofía un mensaje de chantaje. – Esta parte del mensaje era falsa, el móvil no se había salvado del incendio, pero en el registro de llamadas, había varias de Luis a Sofía.

- Señor Luis, ¿dónde estaba usted el día 11 de marzo?

- Yo no hice nada, soy inocente, tenéis que creerme, por favor.

Del fanfarrón quedaba ya poco, ahora era un hombre preocupado, con miedo, que iba a contarlo todo.

- Ese sábado estuve trabajando, como es habitual. Pueden preguntar a mis jefes. Salí a las 5 de la tarde y fui a mi casa, había quedado para ver el partido del Benfica a las seis, en un bar con unos amigos, pero después de una ducha me quedé frito en el sofá y solo llegué al bar para ver la segunda mitad.

- ¿Cuál es tu número de calzado?

- 41, ¿por qué?

- Curiosidad. O sea, a la hora del asesinato de la mujer que usted estaba chantajeando, usted estaba en casa, durmiendo. Ella fue asesinada a solo siete kilómetros de su apartamento. Había huellas de botas con el número 41. Es demasiada casualidad, ¿no le parece?

Luis intentó decir algo, pero no salió nada de su boca, apenas un gruñido de un animal herido, acorralado, sin saber qué hacer o para dónde huir.

- Venga, Luis, puedes confesar, al final es mejor para todos, ya sabemos que fuiste tú. – Probé suerte. – Necesitabas el dinero y ella quería librarse de ti, las cosas salieron mal, perdiste el control y terminaste matándola. Yo entiendo, y estoy seguro de que un juez moderado también lo entenderá. Mírate, la sociedad nunca fue justa contigo, siempre tuviste que luchar duro para conseguir lo que los demás siempre tuvieron servido en bandeja de plata. Fue sin querer, un lapsus. No merece la pena negarlo.

Luis me miraba muy serio. Por momentos pensé que él iba a confesar, yo estaba satisfecho de mi discurso.

- Yo no maté a nadie. – Dijo calmamente con todas las sílabas bien pronunciadas.

- Luis, tienes una débil coartada. – Hice una pausa e intenté presionarlo un poco más. – Yo voy a decirte lo que me parece que pasó. Tú tienes problemas financieros y no encontraste otra solución que recurrir a Sofía. Ella rehusó a darte el dinero y tú planeaste vengarte. Quedaste con ella en el Alto de Colaride, dejaste tu coche aparcado en Massama y habías escondido la bicicleta en medio de los arbustos, después de matarla, saliste con la bicicleta, pero fuiste sorprendido por el vecino y tuviste que ir hacia el centro de Cacem. Ahí sacaste dinero y de alguna manera volviste a Massama. Creo que no será complicado probar esto delante de un juez, con las pruebas que ya tenemos.

Hubo un silencio, Luis me miraba con el aire de alguien que ha visto una película aburrida. Se levantó de golpe y dijo:

- ¿Estoy preso?

- No, pero le llamaremos en breve para obtener sus huellas dactilares y tal vez someterlo al polígrafo, también conocido como detector de mentiras. – Le respondió Dalia, que dio por terminada la conversación.

Salió por la puerta y me quedé a solas con mi compañera.

- ¿Qué te parece, Dalia?

- Demasiado tonto para un plan tan elaborado. Además, ¿por qué iba a matar a uno de los pocos rendimientos monetarios que tiene?

Aunque estuviese de acuerdo con Dalia, él era nuestro principal sospechoso, pero había más, a estas alturas de la investigación, casi todos son sospechosos.

Me dirigí al lugar donde trabajaba Sofía y hablé con el vigilante que se encontraba en el edificio. El local era vigilado solo de noche, durante el día había una recepcionista. Dicho vigilante, que entraba a las seis de la tarde, vio que Sofía y dos compañeros más, salían poco después de las seis, y uno de ellos volvió diez minutos más tarde a por algo que se había olvidado. De los dos compañeros que habían salido con ella, uno de ellos era el mencionado en su diario como posible candidato al puesto de dirección que ella ambicionaba. Según el diario, habían intercambiado palabras duras y había quedado una amenaza en el aire. Le llamé a declarar.

- Usted, el día 11 de marzo salió a la misma hora que Sofía, ¿verdad?

- Sí, salimos los tres, ellos se quedaron hablando en el aparcamiento, mientras yo me fui a casa.

- ¿Y después qué hizo?

- Piqué algo, me duché y había quedado en ir a un restaurante en el barrio del Restelo, en Lisboa.

- ¿A qué hora?

- A las ocho.

- A usted, la muerte de Sofía le benefició. – Fui directo al grano, quería ver cuál sería su primera reacción.

- Pensando solo en al ámbito laboral sí, me benefició.

No esperaba una contestación tan clara y rápida. Esperaba tartamudeo, sorpresa o que se mostrase molesto e incómodo, pero nada de eso aconteció. Era realmente una persona bien distinta a Luis, más inteligente, educado y astuto. No tenía una coartada muy convincente; había salido primero en coche y eso lo confirmaba el otro compañero, pero era soltero, vivía solo y hasta las ocho de la noche nadie estuvo con él. Pero residía muy alejado del lugar del crimen. ¿Cómo podría haber entrado en el coche de Sofía y llevarla a aquel sitio? Él siguió:

- En términos personales y humanos no le odiaba, aunque tuviésemos nuestras disputas. El hecho de dejar un hijo con siete u ocho años huérfano de madre es algo demasiado triste.

- En su diario, - apunté mi dedo hacia el pequeño libro – ella habla de intercambio de palabras duras y amenazas.

- Sí, es verdad. Las palabras duras y esas amenazas fueron realizadas en el calor de una discusión y déjeme decirle que fueron recíprocas.

- ¿Estaría dispuesto a facilitar sus huellas dactilares?

- Por supuesto, pero primero déjeme consultar con mi abogado.

Con él no podría usar mi juego sucio de presiones y falsas pruebas, era una persona informada, con dinero, que no estaría inclinado a continuar colaborando sin la presencia de un abogado. No confiaba en mí, y yo creo que hacia bien.

Mandé llamar a las dos amantes de André, la posibilidad de tratarse de un crimen pasional no estaba descartada, es más, no había nada descartado.

La primera era Natacha Volkov. Se vestía de forma elegante, sin querer llamar la atención, pero era el tipo de mujer que era imposible que pasara desapercibida. Tenía un rostro muy hermoso, blanco con mejillas rojas, unos ojos azules claros, penetrantes, pelo castaño claro, ondulado con algo de volumen. No era especialmente alta y poseía las medidas de pecho y cadera de una modelo. Su aire eslavo, extranjero, con acento lisboeta no dejaba de ser exótico e interesante. Vino nerviosa, sin saber el motivo que la obligaba a estar allí, su relación con André que había sido hace cinco años, algo sin importancia, de dos personas que pasaban mucho tiempo juntas y que estaban necesitados. Ya hacía tres años que había encontrado a su actual novio, ella y André eran solo compañeros de trabajo. El fin de semana de la muerte de Sofía, se hallaba a 300 kilómetros de distancia de Lisboa, en un balneario con su novio, me instó a confirmarlo en caso de que albergara alguna duda

La segunda era Marina Fonseca. No era tan llamativa como Natacha, pero, era sin duda, atractiva en su estilo. Era más alta que la primera y mayor también. Se vistió de una forma bastante casual y relajada y no parecía nada nerviosa. Tenía un rostro muy redondo, un pelo lacio, fino, castaño oscuro y bastante largo, hasta la mitad de la espalda. Sus ojos eran marrones, casi negros, grandes, con algunas arrugas y ojeras. Poseía la piel clara con algunos pequeños lunares en el rostro, uno de ellos, más notorio, debajo del ojo izquierdo. Tenía unos labios relativamente finos y una nariz altiva, dándole un aspecto casi aristocrático. Su sonrisa era hermosa, me hizo recordar a la de Mona Lisa, exquisita, un poco enigmática. Usaba unos pendientes grandes y redondos; dos anillos, uno en cada mano, eran de plata sin valor monetario. Llevaba unos pantalones tipo *leggings* prietos, que parecían vaqueros, una camisa negra con una chaqueta gris y una bufanda roja, a mi juicio era demasiada ropa para aquella época del año. Tenía unas piernas con curvas, lo que para algunas mujeres lectoras de prensa rosa, sería gorda; pero para la mayoría de los hombres, ella era atractiva. Poseía una pequeña tripa y un pecho saliente. Tuve envidia de André; poder disfrutar de dos mujeres bellas y hermosas. ¡Hay tíos con suerte!

- ¿Cuándo dejaron de verse?

- A finales de enero

- ¿Y por qué?

- Porque él solo quería una aventura y yo no quería ser la otra.

- Pero ahora tiene el camino libre. – Dije yo en forma de pregunta, ella no contestó, permaneció callada. - ¿Cómo supo de la muerte de la mujer de él?

- El lunes, en el trabajo.

- ¿Qué hizo usted ese fin de semana?

- Estuve en casa con mi madre, el domingo por la mañana salí un poco.

La conversación quedó aquí, no demostró ningún problema o preocupación en facilitar las huellas dactilares. Todavía le hice dos preguntas más.

- ¿Qué número de calzado lleva?

- El número 39.

- ¿Qué estilo de música le gusta?

- Electropop y clásicos del rock. ¿Por qué? ¿Eso es importante para la investigación?

- Tal vez, tal vez…

Di por terminada la primera ronda de declaraciones de los posibles sospechosos, concluí que tenía tantas dudas o más que aquellas cuando inicié. Parecía que todos los sospechosos tenían razones para ver morir a Sofía. Su marido estaba fuera de cuestión, no se encontraba en la ciudad, pero quizá lo hubiese planeado con alguna de sus amantes o tal vez contratado a alguien. Natacha estaba descartada; Marina era un enorme punto interrogante, había una relación reciente que había terminado por estar él casado, pero ahora el camino estaba libre, ¿lo habrían planeado ellos? Desde el inicio, André fue muy cooperativo con la investigación, su reacción, al saber de la muerte de su mujer y al verla quemada y desfigurada, era demasiado convincente. Analizando las llamadas telefónicas de Marina y André era notorio que no estaban mintiendo, desde finales de enero no intercambiaban llamadas.

El compañero de trabajo de Sofía parecía poco sospechoso. El hecho de que cada uno fuera en su coche y que él hubiera conseguido estar en un restaurante en Lisboa a las ocho, parecía improbable. Ahora no tendría rival para el puesto de Dirección. Podría haber mandado un profesional para hacer el servicio, un sicario.

Tal vez el que menos ganase con la muerte fuese Luis, y era el principal implicado. Inmerso en deudas, le chantajeó algunas veces, tenía una débil coartada y poco a perder en caso de que fuera pillado.

Podría ser también un asesinato al azar, algún ladrón que pudiera haber logrado entrar en el coche de ella en algún semáforo, o en cualquier otra parada y haberle obligado a ir hasta el lugar del crimen, donde ya tenía la bicicleta preparada, pero parecía demasiado descabellado. ¿Por qué no le robó el ordenador portátil? ¿Por qué no intentó sacar más dinero? ¿No le robó el propio vehículo? Dudas y más dudas y el tiempo corría. Todos eran sospechosos y a todos les tendría que investigar.

V

Los días y las semanas fueron pasando y no había novedades, poco a poco la investigación se dirigía a una encrucijada, no sabía qué camino tomar, prácticamente no tenía nada. Sabía que a las seis, Sofía de Carvalho salió de su trabajo y alrededor de las 6:30 alguien con una bicicleta y que calzaba el 41, fue observado huyendo del lugar del crimen y un poco antes de las siete de la tarde, retiró dinero de un cajero y eso fue todo. No hay testigos oculares, las cámaras no grabaron a nadie con una bicicleta ni nada sospechoso.

Conseguí convencer a Luis de Sousa para que facilitara sus huellas dactilares, las cuales no coincidieron con las que teníamos del cajero. Mandé, durante algunos días, seguir a los cuatro sospechosos, para ver lo que hacían, sus rutinas, ordené examinar sus teléfonos particulares, las señales que habían transmitido a través de internet en el día del crimen y mi resultado fue nulo. Barajé la posibilidad de someterlos a todos al polígrafo, pero, con todos los avances tecnológicos y forenses recientes, éste aparato que siempre fue bastante impreciso, quedó desactualizado.

Desesperación, frustración eran algunos de los sentimientos que me invadieron a esa altura. Cuando eso sucede, siempre me pregunto si realmente soy un buen detective, si realmente soy tan perspicaz como me imagino. Al revés de las series americanas, en las que el detective en general va a un bar oscuro, lleno de humo para ahogar su dolor, yo tengo la suerte de tener una hermosa familia que me apoya y me anima en los momentos más difíciles. Tanto mi mujer como mis hijas, conocedoras de mis humores, obsesiones y manías, son las primeras en levantarme la moral y frenar mis dudas y ansiedades.

Algo que se aprende en veinte años en el departamento de homicidios es que nunca se sabe lo que la marea puede traer, nunca se sabe qué sorpresas nos depara el mañana, un simple detalle escondido puede marcar la diferencia. Una vez más, al contrario de lo que ocurre en las series americanas, en la vida real una investigación no termina en un episodio de media hora, podrá demorar meses o años, es un juego de paciencia, del gato y del ratón. Siempre tengo la esperanza de que el criminal cometa un fallo, que una llamada dé una pista nueva, que alguien encuentre algún trapo o fibra con huellas dactilares. Con este caso no fue necesario esperar mucho tiempo para que la marea me trajera dos nuevas pistas y que yo saliese de la encrucijada para caminar con claridad.

Mi jefe ya me había designado otro caso cuando André me llamó para quedar en un sitio para hablar, como andaba por el centro de la ciudad, pasé por su apartamento. Me recibió amablemente y me dirigió a su oficina: una admirable habitación donde las paredes exteriores fueron substituidas por cristales, permitiéndonos disfrutar de una vista despejada y magnifica de la ciudad de Lisboa, el cielo parecía más azul y el Río Tajo transmitía una paz relajante. Me ofreció una bebida, la cual rechacé.

- ¿Hay alguna novedad sobre el caso?

- Desgraciadamente no, señor André, continuamos dando vueltas al caso, cuando haya alguna novedad, ya sabe que será el primero en ser informado.

Me pareció tenso, estaba sentado en un sofá blanco en el medio del salón y después se levantó y dio algunas vueltas sin sentido como si estuviese perdido, o buscase algo.

- Le quería decir algo, que no me parece que tenga mucha importancia para la investigación, pero quería que lo supiera por mí.

Aguardé curioso, seguro que podría ser bastante importante para la investigación. André continuó:

- Marina está embarazada y todo apunta a que yo soy el padre.

- ¿Marina Fonseca? – Yo estaba confuso. - ¿Y de cuánto tiempo está?

- De casi cuatro meses.

- ¿Y usted es el padre?

- Todo indica que sí, habíamos terminado la relación en enero y ella afirma estar embarazada de casi cuatro meses, estamos a finales de mayo, por eso, todo cuadra. Lo supe la semana pasada, no creo que tenga gran interés para la investigación, pero quería que lo supiese por mí.

- O sea, ¿ella estaba embarazada antes del asesinato de Sofía?

- Sí, eso es.

- ¿Y no le contó nada antes?

- No, lo supe justo la semana pasada.

No dije nada, pero no dejó de ser una casualidad que ella se hubiera quedado embarazada, y un mes y poco después, su mujer fuera asesinada. Demasiada coincidencia, algo olía mal. André intentó justificarse, diciendo que pensaba que ella tomaba la píldora, pero se repetía en el hecho de creer que la información era casi irrelevante para el caso.

- Si su esposa supiese que usted había embarazado otra mujer, ¿Cuál sería su reacción?

- Si mi esposa supiese que yo había tenido otras mujeres… Si yo supiese que ella tenía un amante y que le ofrecía nuestro dinero, es posible que nuestro matrimonio llegase al fin. Pero, la palabra "si", apenas compuesta por dos letras, habla solamente de posibilidades, hipótesis. Por lo tanto, mi respuesta es: no sé y nunca lo sabremos.

Una vez más, note sinceridad en André, en esta familia nadie era un ángel, todos habían engañado o sido engañados, pero el hecho de que Marina estuviera embarazada del hombre cuya mujer fue asesinada no dejaba de ser extraño. ¿Habría una relación? ¿Habrían planeado los dos este asesinato? Y, si lo planearon, ¿por qué el embarazo antes? Eso solo levantaría sospechas. No pasaron más de 48 horas cuando yo recibí una segunda llamada y Marina pasó a ser la principal sospechosa. El cerco se cerraba.

VI

Un policía de la comisaria de Agualva-Cacém estaba recibiendo una denuncia de un vendedor de periódicos que tenía su quiosco cerca de la estación de tren. El comerciante se quejaba de que un grupo de "tres gamberros" pasaban casi diariamente por su quiosco y robaban un periódico deportivo. Habló de varios pequeños hurtos que ellos habían provocado y se refirió a una bicicleta roja "nueva a estrenar" que ellos se habían llevado. La historia de la bicicleta roja hizo sonar las alarmas en la cabeza del policía, que había estado, después del asesinato de Sofía, preguntando por el barrio residencial por la bicicleta.

Cuando supe esta información, sentí que podría agarrarme a esta pista como si fuera una tabla de salvación. Colocamos un policía junto al quiosco de periódicos durante todo el día, hasta que éste pudiese identificar a los tres sospechosos. Fue una cuestión de tiempo hasta dar con ellos.

Eran tres adolescentes, entre 16 y 18 años, dos de ellos eran hermanos, que vivían en la localidad, no muy lejos del lugar donde habían "encontrado" la bicicleta. Dalia y yo tomamos el control de la operación y queríamos presionar lo antes posible a los chicos sobre el paradero de la bicicleta. Creímos que sería más difícil hablar con los hermanos, por eso, elegimos al otro muchacho para poner las cartas sobre la mesa. No tenía más de 17 años, era alto, delgado, mulato, de madre blanca con padre descendiente de Cabo-Verde, tenía algunos granos en la cara y cuando nos vio a Dalia y a mí con distintivos de Policía, entró en pánico, sus piernas vacilaron y seguramente pensó que alguna de sus trastadas se habían torcido.

- Hace unos meses encontraste una bicicleta nueva, cerca de la estación; ¿Dónde está?

Dalia usaba su acento africano, para intentar ganar la confianza del chico, aunque éste ya no tuviese ninguna relación cultural con el país de sus antepasados.

- ¿Bicicleta? Yo… yo no sé nada.

- ¡No sabes! No es eso lo que los hermanos blanquitos nos dijeron. Ellos afirman que fuiste tú quien la trajiste y se la vendiste a alguien. Nosotros solo queremos saber a quién se la vendiste, pero, si no lo dices, quizá tengas problemas.

No hizo falta presionar mucho más para que éste contase todo lo que había pasado. El sábado 11 de marzo, los tres venían de la estación cuando observaron una bicicleta nueva sin candado. La cogieron y nadie fue corriendo tras de ellos ni dijo nada, buscaron un comprador en el barrio y en pocos días ya la habían vendido. Nos identificó al comprador y les amenazamos con que si volvían a robar algún periódico del quiosco, tendrían problemas serios con la policía.

El comprador de la bicicleta lo negó todo al inicio, pero cuando le informamos de que podría correr el riesgo de ser acusado de obstrucción a la justicia por ocultar una prueba de un crimen, implicaría que él fuese juzgado y tal vez condenado a alguna multa o condena de prisión. Que podría tener problemas por haber obtenido un artículo de forma ilegal, que había varios testigos que lo vieron con la bicicleta; terminó por ceder y nos acompañó hasta su cuarto trastero.

Allí estaba, la bicicleta roja, prácticamente nueva, la pista principal, rápidamente me dirigí a ella y sin preocuparme de colocarle más huellas dactilares, y con el corazón a mil, la cogí y le di la vuelta. Primero sonreí, después dejé soltar una deliciosa y estruendosa carcajada.

VII

Antes de volver a llamar a Marina para una segunda declaración, quise estudiar un poco su vida, su pasado y su presente. Tenía un registro policial muy limpio, sin incidencias, apenas encontré una multa por exceso de velocidad, de hace muchos años. Hija de un taxista que había creado una pequeña empresa en el sector, ya fallecido. Su madre tuvo varios trabajos y ahora estaba jubilada. Era hija única, aunque constaba que tuvo un hermano, fallecido a los seis años, por fractura craneal, a causa de un accidente vial. Tuvo un matrimonio civil, con un individuo llamado Julio Ribeiro que duró una década del cual estaba ahora en trámites de separación. No tenía deudas en el banco ni en ningún otro lado. Una ciudadana, aparentemente, normal.

Un día, cuando confirmé que Marina no estaba en casa, decidí hacer una visita a su madre. Me recibió muy desconfiada, dudaba de que yo fuera policía y no un ladrón intentando entrar en su casa, pero después de identificarme más de cuatro veces y de decir que conocía a su hija y toda la historia de su vida, finalmente me dejó entrar a su domicilio.

La casa era realmente antigua, me sugería que nunca había tenido ninguna reforma, armarios, muebles, fotografías, pequeños adornos e incluso los electrodomésticos eran del siglo pasado. El suelo era de moqueta y en el aire había cierto un olor a moho. La entrada del apartamento daba a un pasillo largo y a través del cual se accedía diversas habitaciones, la dueña del inmueble me dirigió a la sala de estar.

Era una mujer de alrededor de unos 70 años, relativamente baja, con el cabello débil, teñido de castaño y estaba un poco obesa. Había algunas semejanzas con su hija, pero si no lo supiera, jamás diría que eran madre e hija.

- ¿Le gustaría tomar algún café o té, señor policía? No tengo bebidas alcohólicas.

- No, no se preocupe, he venido aquí sólo para hacer algunas preguntas, no quiero molestar.

- Pues, dígame, ¿en qué le puedo ayudar?

- Usted sabe que su hija está embarazada de André de Carvalho, ¿no es verdad?

- Por supuesto, y déjeme decirle, que el embarazo de mi hija fue la mejor noticia que tuve desde hacía años, siempre soñé con tener una nieta, pero Julio, su exnovio, no podía tener, así que ahora la presencia de un bebé en esta casa nos va a dar una alegría a todos.

- Sí, sí, me alegro por usted. ¿Ya conoce al señor André?

- Sí, vino aquí un par de veces, muy educado, amable y refinado, un hombre serio.

- ¿Ya lo conocía de antes?

- No. Hace un mes que lo vi por primera vez.

- Usted sabe que su mujer murió hace poco, ¿verdad?

- Sí, lo supe, que horror, una tragedia, ¡el mundo está loco! Estamos rodeados de violencia, de ladrones y asesinos. Esto está cada vez peor. Déjeme que le diga que estamos en un mundo donde quien tiene dinero o armas hace lo que quiere. No sé si usted lo sabe, pero aparte de Marina tuvimos otro hijo, un niño, que murió atropellado a los seis años. Iba el pobre con su bicicleta, cuando un condenado apareció con el coche volando y lo mató, a mi niño. ¿Y sabe usted lo que le sucedió? Nada. Absolutamente nada. Contrató un abogado que dijo que mi hijo salió a la carretera y que fue un homicidio involuntario y ese asesino quedó suelto. ¿Le parece justo?

La voz de la mujer iba en aumento, ganando emoción y yo pensé que la conversación no discurría por donde yo quería.

- Pobre niño, mire su foto, era un ángel.

Me mostró la fotografía de un niño sonriendo, con un hombre que yo imaginé que era su padre, de hecho la casa estaba repleta de fotos de ese chico. Intenté volver a controlar la conversación.

- Sí, una tragedia, sin duda. ¿Usted se acuerda de cómo supo de la muerte de la mujer de André?

- Pues, ya no me acuerdo muy bien, posiblemente mi hija me lo contó y también salió en el periódico. ¿Por qué tantas preguntas? ¿Hay algún problema con mi hija?

- No, no se preocupe, son preguntas rutinarias. ¿Usted se acuerda de ese fin de semana en la que la señora Sofía murió? Su hija ya estaba viviendo con usted.

- Pero, ¿el señor policía cree que mi hija esté involucrada en el asesinato?

- No, estoy solo haciendo algunas preguntas. ¿Usted se acuerda del fin de semana del 11 de marzo? ¿Qué hicieron ustedes?

Se hizo una pausa, la mujer me miraba con un semblante serio y tranquilo. En ese momento, ya no me parecía tan mayor, medio senil, hipocondríaca y necesitada de drogas para poder olvidar la muerte del hijo y el fallecimiento de su marido. Me encaró como si hubiese descubierto mi máscara. Entendió el porqué de mi presencia allí, y yo sabía que ella no diría la verdad, protegería a su hija.

- Me acuerdo perfectamente, por la mañana yo me fui de compras al mercadillo de aquí del barrio y a la tarde estuve con Marina viendo la tele. Toda la tarde.

- ¿Se acuerda de lo que comió ayer?

- ¿Ayer? Bacalao con patatas cocidas. Sabe, señor policía, aunque pueda parecer una vieja tonta, tengo muy buena memoria.

Era innecesario quedarse allí, por más tiempo aunque ella supiera alguna cosa no me lo diría, no era tan imbécil como para no entender que yo desconfiaba de algo. Se despidió con un aire intrigado, estaba seguro de que su próxima acción sería llamar a su hija y contarle lo sucedido.

Entré en contacto con el exmarido de Marina, Julio Ribeiro. Tenía esperanzas de que un hombre abandonado y engañado, tal vez estuviera sediento de venganza, pudiese contar algún defecto o fallo de Marina. Por otro lado, con su visita a las instalaciones policiales, quizá Marina empezase a sentirse nerviosa, acorralada, cercada, cuando yo la llamase a declarar en breve.

La declaración de Julio no trajo nada nuevo al proceso. No sentía ningún rencor hacia Marina, de hecho, daba la sensación de que aún la amaba y que si alguien tuviese la culpa, esa persona sería André.

- ¿No le parece raro que Marina se quede embarazada de André y después sea asesinada la mujer de éste?

- Conozco a Marina desde hace muchos años y puedo garantizarle que es una persona íntegra, con principios, incapaz de hacer daño. No puedo decir lo mismo de ese individuo, que seguramente la utilizó para obtener sus fines, posiblemente el seguro de vida de la fallecida. Estoy convencido de que detrás del asesinato de Sofía, está su marido. Marina solo es una víctima en manos de un impostor, mujeriego, que anda por ahí con piel de cordero cuando, en realidad, él es el verdadero lobo.

Ya era hora de hacer llamar a mi principal sospechosa, había aguardado más de una semana para preparar el *show* que había montado para ella. Era importante demostrarle las pruebas y que ella confesase el asesinato.

VIII

Marina entró en mi despacho con alguna aprehensión, que intentaba ocultar, pero era muy visible. Ya estábamos en pleno junio y el calor de verano ya sacudía la ciudad de Lisboa, más de treinta grados, la famosa brisa atlántica no se hacía notar. Traía ropa veraniega, con tripa de embarazada ya muy saliente, estaba más gorda y eso se notaba mucho en su pecho y cara. Su piel estaba ya un poco bronceada por el sol.

- Gracias por haber venido, señora Marina, y desde ya le pido perdón por la molestia e intentaré ser lo más conciso posible, no quiero hacerle perder su tiempo, pero hay algunos detalles que me gustaría aclarar y que, en nuestra primera reunión, no tuve oportunidad de hacerlo.

- Estoy a su entera disposición, señor detective.

Me senté en mi silla y me incliné sobre la mesa para estar más cerca de ella, quería estudiar detalladamente sus reacciones. Dalia estaba en un rincón, como si fuera una espectadora.

- Sabe, señora Marina, hace más de veinte años que soy detective de homicidios y me gusta vanagloriarme de que soy de los mejores, tengo un porcentaje de crímenes solucionados bastante elevado y aunque me guste pensar que soy bueno en aquello que hago, debo confesar que el desarrollo tecnológico hace que hoy en día sea bastante difícil cometer un crimen sin que el asesino quede impune. Hace cien o doscientos años, un asesino podía dejar el lugar lleno de evidencias, pero no había forma de examinar esas pruebas, por eso o era pillado *in fragranti,* o nunca nadie sabría quién era el homicida. Pero hoy en día todo ha cambiado y lo sigue haciendo, cada vez es más difícil ser un buen asesino. – Di una pequeña carcajada mientras Marina me miraba seria, impasible. – Por mucho que un homicida pueda pensar en todos los pormenores de un asesinato, por mucho que siga las series americanas sobre homicidios y piense que es un experto en la materia, en la práctica, en la vida real, siempre hay flecos, pequeños detalles que se le escapan y por eso es fundamental, que en nuestro trabajo de policía, estemos atentos para poder cazar a los embusteros.

Hice una pausa, sentí que había ya una ligera tensión en el aire.

- Ya estoy divagando, le pido perdón, señora Marina, le pongo como ejemplo el caso de la muerte de Sofía de Carvalho. Un crimen bastante elaborado, muy bien pensado. El coche de la víctima incendiado para borrar cualquier tipo de prueba, el robo de la tarjeta bancaria y de algún dinero para dar la idea de que se trataba de un asesinato con motivo monetario. Pero, aunque el asesino tenga organizado muy bien el plan, siempre suceden imprevistos que, en el plan original, no existían. En este caso, hubo dos situaciones que seguramente el homicida no esperaba: la primera fue la existencia de un testigo que lo vio salir del lugar del crimen con una bicicleta y que le obligó a tener que improvisar, - mi utilización del sujeto masculino era intencional – y el segundo imprevisto fue el hecho de que el asesino abandonó la bicicleta para que ésta fuera llevada al azar por una persona, lo cual ocurrió, pero la policía la logró recuperar.

Marina estaba tensa, sentía que se acercaba una tormenta, yo, en cambio, estaba radiante al verla tan recelosa. Disfrutaba del momento.

- El asesino consiguió borrar todas sus huellas y rastro, había estudiado muy bien los diferentes pasos para no ser atrapado, pero cometió un grave error. El error de la bicicleta. Sabe, Marina, ¿no sé si a usted le gusta andar en bici? – No me contestó, continué. - Todas las bicicletas, desde hace al menos diez años, tienen un número de serie, que proviene de fábrica y se encuentra, habitualmente, en la parte de abajo da la misma, en el chasis. Posiblemente, el asesino no conocía este detalle, porque cuando nosotros la encontramos, el número de serie estaba intacto, lo que nos llevó hasta la fábrica donde fue fabricada y a la tienda qué fue distribuida para ser vendida al público.

Marina se esforzaba heroicamente en que no se le notara alterada, pero era claro su nerviosismo, su respiración estaba acelerada y sus manos agarraban con fuerza los brazos de la silla. Dalia se levantó y se recostó en mi mesa con algunos papeles en la mano. Marina estaba acorralada. Yo proseguí el ataque:

- Señora Marina, parece agitada, pido perdón por la negligencia, tenemos la ventana cerrada y hace calor, ¿verdad? ¿Desea un poco de agua? Por favor, déjeme que vaya a buscarle un vaso de agua.

- No estoy agitada, ni quiero un vaso de agua. Dese prisa con su discurso y si tiene alguna acusación para hacerme, hágala y deje de andarse por las ramas.

Su cara estaba pálida, no sabía si tenía calor o estaba helada, pero fue una pena que no hubiera aceptado mi vaso de agua, le podría haber tomado las huellas dactilares a través de él. Estaba arrinconada y yo sentía eso.

- ¿Acusaciones? Nada de eso, señora Marina, no hacemos acusaciones a nadie, simplemente juntamos pruebas y las entregamos al fiscal; quien tendrá que ser el que haga la acusación de culpabilidad. Bien, como le estaba diciendo, fuimos hasta la tienda que vendió la bicicleta y hablamos con el dueño de este establecimiento, un tal Iker Zabala, de origen vasco, que vive desde hace más de diez años en Lisboa y que recordó perfectamente la venta de la bici en efectivo, en *cash*, a usted.

Dalia le mostró la fotografía en la cual el dueño de la tienda, presuntamente, había reconocido el comprador. La foto era de Marina. Fue Dalia quien continuó el interrogatorio:

- El propietario de la tienda no tuvo problemas en reconocerla y dijo que lo que le hizo acordarse de usted, fue el hecho de haber pagado en efectivo y no querer recibo. Él está dispuesto a identificarla como la compradora de la bicicleta en un tribunal.

- No sé de qué habláis, no he comprado ninguna bicicleta. – Marina habló con esfuerzo, la voz le salió ronca, sin fuerza.

- Por favor, señora Marina, no se altere, eso no es sano para el bebé. – Dije yo, con aire cínico. – Por favor, acepte un poco de agua. Nadie le está acusando de nada, pero es raro que usted haya comprado una bici que fue hallada en la estación de Agualva-Cacém por tres adolescentes y por los exámenes que hicimos, fue la misma que fue utilizada en el lugar del crimen, el rastro que dejó no permite ningún margen de duda de que es la misma bicicleta.

Hice una pequeña pausa, gané aliento y volví a la carga.

- Como le dije al inicio, señora Marina, es casi imposible, hoy en día, salir impune de un crimen y usted casi lo logra, pero este error de no saber que todas las bicis tienen un número de serie le salió caro, pero yo creo que cualquier juez va a entender que usted hizo lo que hizo por amor, por estar embarazada, por estar enamorada y pensar que la única solución sería la desaparición de Sofía. En su estado actual, - apunté a su tripa – ningún juez le impondrá una larga condena y en poco tiempo estará fuera. Es mejor confesar, Marina.

Ella permanecía callada con la respiración acelerada.

- Sabe, Marina, yo llevo muchos años en esta profesión y sé que a veces la única solución que creemos que existe es la desaparición de una persona, un simple accidente, un asesinato y aun sabiendo que esa idea es extravagante, loca, sin sentido, no conseguimos visualizar nada más allá de eso. Igual a lo que les ocurre a los insectos con la luz. En una noche de verano, podemos observar a los insectos chocando una y otra vez contra la luz. Los insectos saben que aquello no lleva a nada, además hasta pueden quemarse y morir, pero es su naturaleza. Creo que se llama fototaxia, la sustancia interna que les atrae a la luz, pero no estoy seguro, no soy un experto en fauna. Pero lo importante de esto es: que nosotros, los humanos, también nos quedamos obsesionados cuando no conseguimos encontrar una solución y nos hallamos en la más profunda oscuridad y, cuando vemos una luz, incluso sabiendo que ésta es falsa, una ilusión, porque solo nos hará daño, nosotros no logramos parar de pensar en ella y por mucho que intentemos quitárnosla de la cabeza, la luz vuelve frecuentemente hasta que dejamos que centre nuestras acciones. Fue esa luz la que le cegó, señora Marina, y por mucho que creyese que había cometido el crimen prefecto, la respuesta es no. Por ello, está usted hoy aquí.

Marina ya no estaba pálida, poco a poco sus mejillas fueron ganando color, un poco rojas, de su frente surgieron una pequeñas gotas de sudor. Parecía que iba a empezar a decir algo, pero le salió una tos falsa, forzada, cruzó los brazos y esperó una nueva ráfaga de acusaciones y presiones. Incluso bajo presión, sudada, nerviosa, más gorda, no pude dejar de valorar la valentía de esta mujer; no flaqueó ni dio el brazo a torcer en ningún momento. Es más, seguía hermosa, sus ojos casi negros parecían mayores, tenían una luz brillante, sensual.

- Le voy a decir lo que creo que pasó y después usted me dirá si he acertado o no. Usted se quedó embarazada y no quiso ser madre soltera, pensó que la única solución para estar con André y con todas las comodidades de su vida era matar a su mujer. El día 11 de marzo, en cualquier punto del trayecto, que ella hacía habitualmente, usted entró en su coche, la obligó a ir hasta el Alto de Colaride y ahí cometió el asesinato, cogió la bicicleta que había escondido unas horas antes y se dirigió a su vehículo, cuando fue sorprendida por el hombre que vive ahí. Tomó el sentido contrario y terminó sacando dinero en un cajero automático en el centro de Agualva-Cacém. Abandonó ahí la bici, esperando que algún ratero se la llevase y de alguna forma, usted volvió a su coche, que estaría aparcado en Massama. Al sacar el dinero del banco, pensó que daría la idea de que era un crimen por móvil económico, pero lo que usted dio fue una pista de su desplazamiento. Usó un número de calzado mayor para desviar sospechas, quemó el automóvil para borrar vestigios y fibras. Por curiosidad, ¿cómo volvió a Massama?

Marina estaba callada, recostada en la silla de brazos cruzados y las piernas medio cruzadas. Me pareció más relajada. Seguía en silencio, no decía ni una palabra. Me empezaba a irritar su actitud.

- Esta tarde vamos a tomarle las huellas dactilares y hacer el test del polígrafo. – Le informé.

- Para ello, tendrá que contactar primero con mi abogado. – Finalmente salió de su profundo letargo.

Cogí mí viejo teléfono, que se encontraba en la mesa, y con un gesto un poco bruto dije:

- Llámele.

Siempre que hago esto, el 95% de los acusados se quedan en blanco, no saben a quién llamar, no tiene el número de ningún abogado. No fue el caso de Marina. Sacó de dentro de su bolso una tarjeta y se preparó para marcar los números. En aquel momento, le detesté. Ella estuvo callada, impávida todo el tiempo oyendo lo que teníamos sobre el caso y, cuando pensé que se había marcado un farol sobre el abogado, saca una tarjeta y se dispone a llamar a alguien. Le odié, porque ella desde el inicio ya venía preparada con aquella tarjeta para esta declaración y esperó hasta el último momento para usarla, una verdadera jugadora de póquer.

Le retiré el teléfono de las manos y le dije de un modo seco, sin mirarle a la cara:

- Dígale a su abogado que nos encontraremos todos en casa de su madre, tengo una orden judicial, firmada por un juez, para registrar el domicilio de su madre. Dentro de media hora estaremos ahí, ahora está libre, puede salir.

Me despedí con cierto desprecio, tenía algo de rabia y mucha frustración al no haber conseguido obtener nada de esta declaración. No obstante, tenía esperanzas de que encontrásemos alguna pista importante en su casa. Podrían estar las botas con el número 41, la ropa utilizada en el lugar de crimen, la tarjeta bancaria de Sofía o su ordenador lleno de información sobre como cometer homicidios.

Salí del edificio policial con mi equipo, entramos en el coche para dirigirnos a casa de la madre de Marina, cuando hicimos los primeros metros, vi que Marina estaba hablando por su móvil, sentada en un banco de jardín. Parecía tranquila, pero, cuando colgó la llamada, encorvó su tronco y se cubrió los ojos con la mano izquierda; parecía estar al borde de caer en sollozos. Paré el vehículo y me quedé unos momentos observándola. Estaba herida, tal vez un poco mareada de tanta emoción, empezó a llorar despacio y de pronto miró al cielo, respiró hondo y se levantó. Sí, estaba tocada, pero aún no estaba vencida.

Cuando llegamos a la casa, la madre de Marina ya estaba avisada y abrió la puerta sin mostrar sorpresa o atisbo de amabilidad. Mientras empezamos a escudriñar surgió Marina con su abogado, un tipo entrado en los cuarenta, un poco gordo, demasiado encorbatado para aquel día de calor, solicitando la orden judicial y confirmando todos los objetos que cogíamos y colocábamos en las pequeñas bolsas de plástico como posibles pruebas.

No volví a hablar con Marina, su abogado fue muy claro al respecto:

- Si quiere volver a contactar con mi cliente, haga el favor de llamarme a mí   primero.

IX

Nada. Absoluta y rigurosamente nada. No encontramos ninguna prueba en la casa de la madre de Marina, su ordenador estaba limpio, no había emails raros o sospechosos, su navegación por internet no guardaba ninguna relación con el asesinato, no había botas, ni ropa, ni jeringuillas. Nada. Su móvil tampoco no tenía imágenes, ni mensajes comprometedores. Después de hablar con su abogado, llegamos al acuerdo de tomar las huellas dactilares de Marina, que no coincidieron con el cajero automático ni la bicicleta. De hecho, la historia de que el dueño de la tienda había reconocido a Marina era medio falsa, digamos que yo había exagerado un poco para intentar obtener una confesión de Marina. Según su abogado, ella afirmaba que nunca había comprado una bicicleta en el establecimiento de Iker Zabala.

El propio propietario de la tienda no tenía la certeza de que fuera Marina la compradora de la bicicleta. Cuando encontramos dicho comercio, entendí el porqué de la elección del local. Era un establecimiento pequeño, en el casco viejo de Lisboa, sin cámaras de vigilancia. Además de la venta de bicicletas, el dueño también las arreglaba y alquilaba. Un negocio en crecimiento, con clientes nuevos a diario, que hacía imposible estar seguro en la identificación de un cliente que entró a finales de febrero y compró en efectivo, una bicicleta. Iker Zabala, un hombre con más de cuarenta años, alto, delgado, calvo, con un *look* moderno y deportivo, hablaba en un agradable acento portugués con influencias castellanas.

- Creo que fue esa mujer la que compro la bici, - apuntó para el retrato de Marina – pero es imposible estar seguro, pasa muchísima gente a diario por aquí. Tengo mis dudas.

No podía presentar a Marina Fonseca como reo delante de la justicia basándome únicamente en sospechas. Básicamente era todo lo que tenía, sospechas. Como odio que el criminal gane, que el asesino esté ahí fuera riéndose de mí; tal vez preparando otro crimen y quizá el próximo delito sea contra alguna persona cercana a mí. Mi aversión en estos casos va más lejos, cuando sé quién es el culpable, cuando tengo la certeza de que Marina Fonseca está de una u otra manera involucrada en el asesinato.

Son momentos como éste en los que pierdo un poco la fe en la justicia, tal vez fuese necesario no ser tan tolerantes y, en este caso, poder apretar un poco más las tuercas a los sospechosos. El sistema beneficia al criminal, le protege. Mientras el policía dedica horas de su trabajo para nada, al archivo. Mientras tanto, somos odiados por la población, que solo nos llama cuando está en problemas.

Fue con ese sentimiento de frustración cuando aún intenté hablar una última vez con Marina. Decirle que, aunque se saliese con la suya y evitara ir a un tribunal, yo sabía que ella estaba involucrada en este asunto hasta el cuello, decirle que yo iba a vigilarla el resto de su vida y cualquier tipo de desliz o la aparición de nuevas pruebas la llevaría automáticamente a la cárcel. Pero las dos veces que intenté abordarla, ella no se dignó a oírme, me transfirió de inmediato a su abogado.

Cuando supe que ella, poco antes de dar a luz, fue a vivir con André, me quedé de verdad indignado con esta gente. ¿Piensan que están por encima de la justicia? Que preparan un asesinato y cuando ven que las cosas están más tranquilas, tienen el descaro de ir de la mano a pasear por la calles, ¡cómo si no pasase nada! ¡Cómo si nadie se acordase de lo que ocurrió! Ya que no podía hablar con Marina, quería tener unas palabras con André de Carvalho.

Estábamos a inicios de septiembre y faltaba poco para el nacimiento del retoño de Marina y André, el verano daba las primeras señales de debilidad, con una brisa fresca llegando hasta el viejo barrio lisboeta de Campo de Ourique. Sabía que André estaba solo en casa y decidí tocar al timbre para tener posiblemente una última conversación. Me mandó subir y se mostró sorprendido al verme. Atravesamos su espaciosa casa y, una vez más, fuimos a su encantadora oficina. Antes de empezar la conversación, él recogió papeleo del trabajo, tenía colocadas unas gafas, que le daban aire intelectual. Mientras esperaba, disfruté, una vez más, de las vistas de su casa, el viento hacía bailar los árboles, las hojas y algunas bolsas de plástico se asomaban junto a nosotros, en una danza extraña, interminable e hipnótica, todo acompañado por una música de ambiente tranquila, pacífica. En esta ocasión no me invitó a tomar ninguna bebida, me pareció menos amable que en otros momentos.

- ¿En qué le puedo ayudar, señor detective? – Dijo mientras miraba los papeles que tenía en la mesa.

- En nada, he venido aquí porque me gustaría decirle unas palabritas.

Se quitó las gafas, dejó los papeles encima de la mesa y me miró directamente.

- Soy todo oídos.

- ¿Cómo va usted a explicar a su hijo, que su madre fue asesinada por su madrastra?

Tal vez fui demasiado duro y directo, pero si no lo decía iba a explotar.

- ¿Cómo? ¿Qué ha dicho? – Parecía incrédulo.

- Venga, señor André, nosotros sabemos muy bien lo que pasó, no irá a hacerse el inocente en esta historia. Marina se queda embarazada, su relación con Sofía estaba en las últimas, ustedes elaboraron un plan muy bien definido para que usted se quedara con todo: casa, hijo, amante y seguro de vida. – André me miraba boquiabierto, pasmado. – Yo solo quiero que usted sepa, que yo sé quién lo hizo, que voy a seguir atento y aunque ustedes ya den por terminada esta investigación, todavía no la archivé.

Me sentí aliviado, ya podía retirarme, pensé en irme de su casa, pero André tomó la palabra.

- Esto quiere decir que usted no sabe nada, absolutamente nada. Yo tenía la esperanza de que usted había venido para contarme alguna novedad en relación al proceso, ¡y lo que veo es que usted está acusándome de un crimen! Lo que me lleva a pensar que usted, durante todos estos meses, no descubrió ni avanzó nada, absolutamente nada. Acusarme a mí del crimen o complot en el asesinato de mi esposa es totalmente ridículo. Yo le di toda la información disponible que usted me pidió, colaboré en todo, no le mentí en nada ¿y usted tiene la osadía de acusarme? ¿Con qué pruebas? – El tono de voz de André iba en aumento. - ¿Quién le da el derecho a entrar en mi casa y acusarme de matar a mi mujer o de planear hacerlo? ¿Con quién cree que está hablando? ¿Con la gentuza de baja formación que comete crímenes por cinco euros o que mata por una discusión de fútbol? ¿Con gentuza barriobajera que pasa las noches viendo los culebrones? ¿Quién piensa usted que es? – Preguntó ya gritando.

Ahora, más fríamente, creo que tal vez él tuviese alguna razón en estar enfadado por mis acusaciones, pero su prepotencia hizo que, en el momento, mi voluntad fuese darle un puñetazo en toda la cara. Él continuó:

- Sinceramente, esperaba más de usted y de la propia investigación, medio año después de la muerte de mi mujer solo hay sospechas, ninguna prueba visible y echar a suertes a ver si cuaja. ¿Es esta su táctica? ¿Es usted así de incompetente?

- No se haga el inocente conmigo, usted sabe perfectamente que Marina está involucrada en el crimen.

- Si tiene pruebas, preséntelas; si tiene sospechas, busque demostrarlas con pruebas físicas, pero, por favor, no venga a mi casa a hacer acusaciones infundadas.

- Usted realmente se cree mejor que los demás, ¿no es verdad, señor André? Más listo y culto que el resto.

- No, detective Oscar, no es a mí a quien le gusta ufanarse de tener el mejor porcentaje de crímenes resueltos en Lisboa. Es a usted. Yo desde el inicio le conté mis defectos, fui un mal marido, la engañé con otras mujeres, no le di la atención que posiblemente ella necesitaba, yo le abrí el juego desde el inicio.

Se hizo un silencio, yo sentí que estaba perdiendo el tiempo y la discusión, tal vez fuese mejor retirarme.

- Usted ha fallado, detective, estoy seguro de que ya utilizó esta táctica de desesperación más veces para intentar obtener algo, pero, esta vez, no puedo permitir que esto salga impune. Usted ha entrado en mi casa y ha hecho acusaciones a mi persona, a mi honradez y espera salir como entró, como si fuera el rey del mundo. Le voy a denunciar, por su comportamiento, por su postura y por su incompetencia, que después de seis meses de la muerte de mi mujer, usted no ha obtenido nada.

- Ya que presentará una queja sobre mí, déjeme ayudarle. Yo creo que su nueva mujer fue la asesina de Sofía y que usted estaba detrás de todo esto, no como el cabecilla, pero posiblemente instigando, dándole a entender que si Sofía no existiese, ustedes podrían estar juntos. Lo que usted posiblemente no esperaba era que ella se quedase embarazada, de una manera casual o no y ahora todos saben que tenían una relación antes de morir Sofía, que Marina se quedó embarazada antes y todos sus amigos y conocidos van a pensar lo mismo que yo: que posiblemente ella fuera asesinada por ustedes. Y, para concluir, déjeme que le diga que creo que si Marina no se hubiese quedado embarazada, usted no habría retomado la relación con ella.

- Detective Oscar, a usted se le paga con el dinero de todos los contribuyentes para encontrar pruebas y entregárselas a algún representante del ministerio de justicia, para que éste avance con el proceso y se haga justicia. Nosotros, los contribuyentes, no le pagamos para que usted haga suposiciones o posibles conjeturas. Si tiene pruebas y me quiere acusar de alguna cosa, hágalo. Ahora, yo no tengo que oír su opinión sobre posibilidades, yo exijo respuestas concretas, basadas en pruebas y no en sospechas absurdas de un detective frustrado e incompetente. Haga el favor de salir de mi casa, y que quede claro que no hablaré más con usted sobre la investigación. En caso que quiera alguna información más, hable con mi abogado.

Salí de casa rápidamente, André no se dignó a acompañarme a la puerta. Mientras bajaba en el ascensor, pensaba en la posibilidad de estar equivocado. ¿Y si Marina no tuviese nada que ver con el asesinato? La única prueba que tenía era que ella o alguien parecido a ella hubiera comprado una bicicleta. El embarazo podría haber sido un accidente. ¿Por qué iba a quedarse embarazada y después matar a Sofía? ¿No sería más fácil matarla y después quedarse embarazada, en el caso que quisiese tener un hijo de André?

El amante de Sofía y su compañero de trabajo fueron descartados del crimen, no había ninguna prueba física que les pudiera involucrar. El caso parecía llegar a su fin. Siempre tengo la esperanza de que mañana llegue una nueva noticia, alguna nueva prueba, un nuevo testigo, que la marea me traiga cualquier cosa y el caso pueda ser reabierto y resuelto, pero hasta entonces, hay que esperar e ir vigilando los sospechosos. Porque, si ellos creen que ganaron la batalla, que al final pueden solucionar sus problemas con el asesinato de una persona, la probabilidad de que vuelvan a hacerlo de nuevo es alta. Yo estaré atento, esperando a que su naturaleza se revele de nuevo y, una vez más, queden obsesionados con la luz de la lámpara y, como un insecto, intenten alcanzarla.

III Parte

Marina

I

Sé que será el cliché más usado de la historia, pero la verdad es que, en el momento en que di a luz mi hija, me olvidé totalmente de los inmensos dolores que sufrí en las 24 horas anteriores al nacimiento de Leticia.

Durante esas 24 largas horas, juré a mí misma que no volvería a pasar por lo mismo, una enorme presión en la tripa, contracciones, fiebre, dolor de cabeza, dificultad de respirar y la idiota de la anestesista que no me traía la epidural. Me pareció surrealista que la especie humana hubiese resistido durante tantos siglos y que nosotras, las mujeres, tengamos que pasar por este sufrimiento, generación tras generación.

André siempre estuvo a mí lado, dándome apoyo, ofreciéndome sus servicios para ir a buscar agua, comida, cambiar las almohadas, acompañarme al baño, llamar a la enfermera y tranquilizarme. Sentí celos de que, para él, el nacimiento de la nueva hija no fuese una novedad, él ya había pasado por lo mismo con otra mujer. Nunca se apartó de mi lado, vi en sus ojos su nerviosismo, angustia e impotencia, cuando el parto se complicó un poco, y observé como lloró de emoción cuando vio por primera vez a nuestra hija sana y salva en mi pecho.

El amor que sentí por la criatura que acababa de traer al mundo fue algo tan fuerte y arrebatador que nunca había sentido antes. Amor incondicional, fue eso lo que experimenté, jamás dejaría de ser su madre y jamás dejaría de amarla, por mucho que me decepcionase, engañase, mintiese o me hiriese, mi amor por Leticia era y es incondicional.

No pude dejar de pensar, en la primera noche que pasé junto a ella, en la cama del hospital, en la enorme responsabilidad que es traer al mundo un pequeño ser humano. Un planeta lleno de guerras y conflictos, violencia, injusticias, pobreza, desigualdades sociales, destrucción del medio ambiente y que posiblemente iría a conocer la frustración, el rechazo, la mentira, el engaño, tendría enfermedades, envejecería, iría a perder seres queridos y un día, también, iría a fallecer. Tuve ganas de protegerla de este mundo horrible; de criarla en un palacio lleno de gente joven y sana, amable y simpática, tal y como un día el padre de Sidarta Gautama, también conocido como Buda, lo hizo. Mostrarle solo el lado positivo de la vida, que viviese alejada de cualquier sufrimiento humano.

Otro de los clichés que siempre me aburrió fue el oír a mis amigas ya madres, decir que solo quieren que sus hijos sean felices, como si estuviese en sus manos la felicidad y el destino de sus hijos. Siempre me irritaron las típicas frases tóxicas, supuestamente dichas por famosos como Gandhi o John Lennon, sobre cómo alcanzar la placidez, que esas madres esparcían por las redes sociales, pareciendo que la obtención de la felicidad fuese algo sencillo e idéntico para todo el mundo. La felicidad es apenas una pequeña porción de la vida y, para poder apreciarla, es necesario conocer la infelicidad, la tristeza y el desengaño. No quiero ser un impedimento para que ella tenga su porción de alegría en este mundo. Quiero verla crecer, enseñarle, aprender con ella también, quiero ser su mejor amiga, confidente, pero también una madre gallina, proteger y aconsejar, sin ser una progenitora controladora y opresora, que no le permita soñar y volar.

Desde que fui madre, recuerdo, a menudo, el inmenso dolor que mis padres vivieron al perder a mi hermano. Ahora les entiendo mejor; comprendo su sufrimiento, la pesada carga de culpa que acarrearon durante años, las noches en blanco o con insomnio. No quiero imaginar como sería perder a Leticia, posiblemente me volvería loca o moriría ahogada en una enorme amargura.

La bebé Leticia enseguida se convirtió en la principal atracción de la casa, Marcos estaba encantado con la posibilidad de tener una hermana y siempre estaba preparado para ayudar. Noté ese mismo entusiasmo el día en que me mudé a su casa, a mediados de julio, y poco antes de irnos los tres de vacaciones, por primera vez, como familia. Algo que parecía improbable que sucediese, cuando unos meses atrás, informé a André de que iba a ser padre de nuevo.

II

Cuando cumplí catorce semanas de embarazo, me vi en la obligación de informar a todo el mundo, es algo que no se puede esconder por mucho tiempo y, por supuesto, la primera persona en ser informado fue el padre de la criatura. Desde que habíamos terminado nuestra relación, nuestros encuentros habían sido casuales dentro del lugar de trabajo, miradas lejanas, rápidos saludos y, en ningún momento, intercambiamos mensajes o llamadas telefónicas. Le invité a comer conmigo un miércoles, en nuestro antiguo restaurante, él aceptó con entusiasmo y yo con los nervios a flor de piel, gané coraje y le dije en mitad de la comida:

- ¡Estoy embarazada!

Él paró de comer, me miró, colocó su mano sobre la boca y se quedó quieto, perplejo; intentó ser lo más sutil posible.

- ¿De cuánto tiempo?

- ¡Es tuyo, André! Es una niña y tú eres el padre. Hace más de tres meses.

- Me estas vacilando, ¿verdad?

- ¡Esperaba que estuvieras un poco contento!

Aunque estuviésemos alterados emocionalmente, nuestro tono de voz permanecía bajo.

- Tú lo hiciste queriendo. Buscaste este embarazo.

Me callé, me sentí incomoda con su mirada.

- No, André, fue una imprudencia nuestra.

- ¿Nuestra? Yo pensaba que tú usabas algún anticonceptivo.

- A ver, por favor, no seas imbécil. Sabes perfectamente que Julio era estéril, que usábamos de forma intermitente algún anticonceptivo. Ocurrió, André, fue un descuido nuestro. Yo ya no esperaba ser madre, pero voy a aprovechar la oportunidad y tener la hija con tu ayuda o sin ella.

Noté en su rostro que tenía ganas de explotar, de acusarme de manipulación, pero no, se levantó rápidamente, dejó un billete de 50 euros encima de la mesa para pagar la comida y me dijo antes de salir:

- Si ese hijo es mío, fue sin duda un golpe muy bajo por tu parte, Marina.

Me acuerdo de que me quedé sola en aquel restaurante, sin saber qué pensar. Su reacción fue claramente negativa y la hipótesis que dejó caer de tener dudas sobre la paternidad del bebé, me hizo sentir como una fulana. Me hirió y me acordé de nuestra conversación en aquel sofá blanco, cuando él me dijo que me amaba y pensé que tal vez fuese todo falso, lo que él quería era solo un juego, una aventura, llevarme a la cama.

Ya me imaginaba viviendo con mi madre para siempre, siendo madre soltera, sin que André asumiese la paternidad hasta hacer el test sanguíneo. Me pagaría una pensión y él viviría en su bella casa con alguna mujer más joven, quizá Natacha. Decidí no volver a contactar con él. Insistiría en realizar el test de paternidad para que él supiera que yo no era una cualquiera y no iba a pedir su ayuda económica, no se trataba de "dar un braguetazo."

Pero, el fin de semana siguiente, André apareció sin avisar en casa de mi madre. La pobre mujer no sabía si darle la enhorabuena por ser padre, o darle las condolencias por la muerte de su esposa. Cuando le vi, no sabía qué esperar, tal vez viniese a intentar convencerme de que abortara, que conocía buenos médicos, que pagaría todo. Que esta noticia en el medio de la investigación del asesinato iba a colocarnos como principales sospechosos. Le llevé a mi habitación y esperé a que él empezara el diálogo.

- ¿Esta es tu habitación de adolescente?

- Sí, ¿por qué? – No entendí la pregunta. Él se rió.

- Ya podrías cambiar de pósteres, ¿no?

Kurt Cobain y Axl Rose seguían colgados en la pared dos décadas después.

- ¿Y ésta eres tú? – Apuntaba a unas fotografías de mi adolescencia. – Vaya, ¡menuda diferencia! Estas mucho mejor ahora.

Aquella sonrisa suya de pillo, de niño travieso me derritió, no podía seguir enfadada y haciéndome la difícil, pero permanecí callada.

- Quería pedirte perdón por mi comportamiento del otro día, pero no esperaba la noticia, además, poco tiempo después de la muerte de mi... de Sofía.

- Vale, lo entiendo, no te tengo rencor.

- Me gustaría acompañarte a las consultas médicas. Dijiste que era una niña, ¿verdad?

- Sí.

Los dos empezamos a sonreír.

- ¿Me muestras más fotografías de cuando eras más joven?

- Sí, pero otro día, ¿de acuerdo? Ya te avisaré de la próxima cita.

- Vale, perfecto.

Al despedirse, me dio un beso en el rostro y tocó suavemente mi mano, sentí un golpe muy fuerte en mi corazón y tuve ganas de agarrarlo, besarlo   y   morderlo.

III

Solo volví a hablar con él cuando fue programada la segunda ecografía del bebé, ya a finales de mayo. Había un murmullo en la oficina sobre nuestra relación. Por supuesto, tuve que contarles la verdad a mis compañeros de trabajo. La principal reacción fue de sorpresa, pero había quien relacionaba mi embarazo y la muerte de Sofía como algo muy sospechoso y no fruto de la cualquier casualidad. No me molesté con esos comentarios o en aquello que mis compañeros pudieran pensar. Creo que cuando vamos envejeciendo la opinión de los demás es cada vez menos importante. Lo mismo pasaba con mis amigos más cercanos, ninguno tuvo el coraje de preguntarme abiertamente si había alguna coincidencia entre la muerte de Sofía y mi embarazo, pero, conociéndoles bien, sentí en sus ojos y en sus preguntas una enorme curiosidad y mucho morbo. Estaba claro que sabía que tendría de vivir con esos recelos y sospechas para siempre.

El día de la segunda ecografía, André y yo nos encontramos en la entrada del hospital, fue muy atento e hizo varias preguntas sobre el desarrollo del embarazo. Me sentí feliz, mientras esperaba a que me llamasen para la ecografía; estábamos en una sala de espera con otras parejas y yo, esta vez, no me encontraba sola. Dábamos la imagen de una pareja elegante, adulta, posiblemente éste no sería nuestro primer hijo, quizá todavía enamorados, hablábamos bastante, reíamos e intercambiábamos miradas cómplices. A partir de esa consulta, nuestros encuentros empezaron a ser más habituales.

Volvimos a recuperar la costumbre de comer todos los miércoles, en nuestro antiguo restaurante, ya no lo usábamos para poder pasar de incógnito, ahora salíamos los dos juntos en coche, ya no había nada que esconder a nadie. Posiblemente era el momento más esperado por los dos y era maravilloso poder volver a charlar con André.

- Tengo pena de que mi padre no esté vivo para poder ver a su nieta. - Le dije yo.

- ¿Y quién te dice que no la ve? A lo mejor está en algún lugar observándote.

- No lo creo, soy atea.

- ¡De veras, Marina! ¿No crees en ninguna divinidad?

- No. Creo que éramos polvo y en polvo nos convertiremos. No hay nada más.

- ¡Guau! – dijo asombrado. – Que triste y gris debe de ser tu mundo, ahora entiendo el porqué de que dudaras sobre el sentido de la vida.

- ¿Qué? ¿Tú crees en algo? ¿Eres una persona religiosa? – Hice las preguntas en un tono cínico.

- Sí, lo soy. Estoy plenamente convencido de que existe un ser o varios seres superiores que crearon todo: nuestro planeta, el sistema solar y, por supuesto, el universo. Me parece poco viable que todo esto haya surgido de la nada e incluso la nada tuvo que ser inventada y creada.

- ¿Y tienes pruebas científicas para apoyar tu teoría?

- ¿Quieres mayor prueba que ésta? Nosotros dos: dos seres humanos con conciencia que vivimos en un planeta habitable. Solo porque unos cuantos científicos o filósofos no consiguen probar que existe una divinidad superior, no implica que no exista nada. Ahora parece que está de moda ser ateo.

- Si existe un Dios, debe ser realmente cruel para crear un mundo como este.

- No me parece que el mundo sea tan cruel. El hombre, sí, es cruel, tiene conciencia cuando practica acciones negativas que perjudican al prójimo, los animales solamente sobreviven, sus acciones son resultado de su naturaleza.

- Estoy muy sorprendida contigo, André. Un hombre religioso. ¿Tienes alguna religión oficial? Y, por curiosidad, ¿por qué Dios no aparece e ilumina el camino de la especie humana?

- No profeso ninguna religión oficial, simplemente tengo fe en que existe algo superior, que nosotros somos fruto de nuestras acciones del pasado, que recogemos aquello que sembramos. ¿Por qué Dios no sale en la tele y dice su intención? No lo sé. A lo mejor es porque cada uno iría a interpretar sus palabras de una manera diferente y empezaríamos mil guerras y conflictos más.

- No me convences. Creo incluso que solo dices eso para tener una visión de la vida un poco más alegre, pero, en el fondo, sabes que la vida es triste y gris, sin ningún sentido ni esperanza.

Los dos nos reímos y terminamos por contar chistes sobre el tema. Algo que siempre me gustó en mi relación con André era el hecho de que acabábamos las discusiones con anécdotas o bromas. Él, al contrario que Julio, entendía siempre mi perspectiva y nunca intentaba cambiarla. Nunca criticó mis gustos musicales, literarios o cinematográficos, aunque en relación al tema religioso, me haya pedido algo:

- Acepto tu punto de vista ateo, pero llegará un momento en el que nuestra hija preguntará si existe un Dios o a dónde van las personas que mueren. Por favor, no le digas que no hay esperanza ni vida más allá de la muerte.

Vio que yo puse cara de desagrado. Él continuó:

- Al menos mientras ella sea una niña.

- Vale, le diré que hable contigo sobre el tema. Que tú eres el experto en el asunto.

- Por comentarlo… – sonrió deliciosamente y ya sabía que iba a contar algún chiste. – ¿Te acuerdas de que yo leía las migas del pan?

- Ah, sí, es verdad, tú tenías ese don. – Dije yo sin conseguir controlar la carcajada.

- Pues bien, hace poco tiempo las migas del pan me enviaron un mensaje. – Hizo una pausa, para dar más énfasis a la conversación y esperar que yo terminase de reír. – Me dijeron que tenías que venir a vivir conmigo.

Así era André, siempre risueño, siempre alegre, dando color y vida a mi mundo. Esperaba que esa invitación ocurriese y me derretí cuando él me lo pidió de esa forma. Después de la comida, no fuimos a trabajar. Me disculpé con mi jefa, diciendo que estaba medio mareada y tenía vértigos, que necesitaba reposar durante la tarde, ella me incentivó a ver a un médico e incluso solicitar la baja por maternidad.

Salimos del restaurante de la mano, entre besos entramos en su coche para ir a su casa. El primer sentimiento que tuve cuando entré en el domicilio fue de victoria. Ahí estaba yo, cinco meses después, entrando en mi futuro hogar. Hasta el momento, mi plan había sido un éxito, parecía un sueño entrar de la mano con el hombre que amaba, con nuestra hija en el vientre, en aquel apartamento con vistas al Tajo.

Fue raro ver que las fotos de Sofía continuaban en la pared, que su ropa seguía colgada en el armario. No conseguía mirar esas fotografías y quería deshacerme de sus pertenecías lo antes posible, pero no quería herir los sentimientos de nadie, sobre todo los de Marcos, sabía que sería un proceso lento, pero el objetivo era claro: hacer desaparecer a Sofía y sustituirla como madre, esposa, amante y dueña de la casa.

Esa tarde, volvimos a hacer el amor en la habitación de invitados, fue el cúmulo de mucho deseo, ansiedad y codicia. No conseguí esconder mi emoción y dos lágrimas partieron de mis ojos al verme entre sus brazos, al sentir que él y yo éramos un único ser, mientras hacíamos el amor. Por el embarazo y por mi vientre cada vez mayor, André fue más dulce y gentil que habitualmente, al igual que yo, él tampoco pudo esconder su emoción y sus ojos tenían un brillo intenso, maravilloso. Le sentí temblar y nos agarramos con fuerza. Dormimos sin necesidad de intercambiar palabras, me dormí relajada y sin preocupaciones, ya no tenía que irme antes de que viniera Sofía.

IV

Seguí el consejo de mi jefa y pedí la baja por maternidad. Aunque me sintiese con fuerzas para continuar trabajando, tuve ganas de aprovechar esta baja para hacer la tan aguardada mudanza de casa. Seguramente mi madre se apenó al verme partir, pero fue fuerte y me ayudó a empaquetar mis pertenecías, me auxilió con la mudanza y se puso a disposición de apoyarme en todo lo que estuviese relacionado con su nieta. Estaba feliz por ser abuela y nunca me preguntó si yo tuve alguna relación con la muerte de Sofía, incluso después de la visita del detective Oscar. Nunca me preguntó sobre lo que hice aquel sábado 11 de marzo, si le eché algo al té o por qué surgí al final de la tarde con ropa negra y maquillada. Por supuesto que tuvo desconfianza, pero creo que prefirió no saber la verdad.

Marcos espero para recibirme en mi nueva casa con los brazos abiertos. Estaba alegre con mi presencia en la casa. No protestó cuando decidí donar toda la ropa de su madre y quitar todas las fotografías donde aparecía Sofía en casa. Obviamente, dejé que se quedase con los retratos de su madre en su habitación, por lo que evité entrar en su dormitorio. Marcos nunca mostró ningún tipo de sospecha sobre la muerte de su madre, aunque su familia materna me mirase con desconfianza y acusase a André de infidelidad. Éste se defendía con que las traiciones habían sido recíprocas y prueba de ello eran los diarios de Sofía.

A esas alturas empezamos a planear nuestras primeras vacaciones juntas como familia. Los tres decidimos hacer un crucero por los países escandinavos. Un viaje de ensueño ideado por André, pero aplazado durante largo tiempo por los gustos totalmente opuestos de su exmujer. Pero antes del viaje, e incluso antes de la mudanza a mi nueva casa, tuve que presentarme en la policía para una segunda declaración con el detective Oscar y su ayudante.

V

Cuando me volvió a contactar, informándome de que había algunas preguntas que había olvidado hacer en mi primera declaración, desconfié. Imaginé automáticamente que habían conseguido algo: alguna prueba, algún vestigio y temí lo peor. Tal vez hubiesen encontrado algún testigo que me hubiese visto cruzar el barrio residencial en bicicleta. Alguien que me hubiese visto dejar la bici en la estación. El conductor del autobús que me hubiese reconocido. Antes de ir hice lo que creí correcto, consulté los servicios de un abogado, ya que era mi vida la que estaba en juego.

Aunque él hiciera hincapié en acompañarme a mi segunda declaración, yo insistí en ir sola esta vez. Él, contrariado, me dio varios consejos: hablar lo mínimo posible, rehusar la toma de huellas dactilares, no aceptar ningún vaso de agua del cual ellos pudiesen sacar saliva o huellas digitales, y en el caso de que en algún momento hubiese alguna acusación, exigir hablar con mi abogado.

Entré nerviosa, insegura, sin saber qué esperar. Hasta el último momento pensé en llamar a mi abogado y pedir su presencia, pero, al final, decidí "coger al toro por los cuernos". A lo largo del interrogatorio, mi estado de nervios se agravaba. Cuando me habló del número de serie de la bicicleta, vi el abismo. ¿Cómo no se me había ocurrido eso? ¿Cómo podría saber que todas las bicicletas tienen una especie de matrícula? El dueño de la tienda, que me la vendió, no me informó de ese detalle, de hecho él me había reconocido. Pensé que estaba perdida, que había sido un bonito sueño, pero el vasco iba a declarar en el juicio que me vendió la bici y yo tendría el castigo merecido. ¡Qué inocente fui en pensar que podría engañar a la policía! ¡Qué ingenua en no ir disfrazada y maquillada cuando fui a comprar la bici y los demás utensilios! Sentí un auténtico sofoco en aquella sala, los dos intentando hacerme una emboscada, sentí pánico, me faltaba el aire, miedo, sed, confusión, deseo de salir por aquella pequeña ventana y volar. Volar hasta llegar a la oficina de André y sentarme en su sofá blanco y oír Sigur Ros mientras leía un libro y miraba al Río Tajo. Estuve a punto de aceptar un vaso de agua, pero la voz de mi abogado sonaba más alto y, por fin, bajo una enorme presión, sintiéndome un manojo de nervios, pedí hablar con mi abogado, estaba acorralada y a punto de desfallecer.

Cuando logré salir del edificio policial, tuve que sentarme en el primer banco que vi. Con un calor sofocante que me golpeaba todo el cuerpo, saqué fuerzas para llamar a mi madre y avisarle de que la policía tenía una orden judicial para ir a su casa y, también a mi abogado, que se ofreció a estar presente en el lugar. Me dejé caer en el banco y lloré. Varios pensamientos invadían en mi mente, el principal era que no quería tener la hija en la cárcel. Estaba dispuesta a fugarme del país.

Yo sabía que ellos no irían a encontrar nada en casa de mi madre y mi abogado rápidamente me informó de que ellos solo tenían sospechas, no había ninguna prueba física; me prohibió volver a declarar sin su presencia y me acompañó a tomar las huellas dactilares, que vinieron a confirmar lo que yo esperaba. No coincidían en nada con lo que ellos tenían. El detective Oscar intentó volver a contactar conmigo un par de veces más y tuve el placer de transferirlo automáticamente con mi abogado. Estoy convencida de que el detective Oscar sabía tan bien como yo quien fue el asesino de Sofía de Carvalho, pero un caso se gana a través de pruebas. Y él no las tenía.

En agosto, ya me encontraba residiendo en la quinta planta de mi nueva casa en Campo de Ourique y salimos los tres en nuestras primeras vacaciones juntos. Era algo que necesitábamos, escapar de las constantes sospechas a las que estábamos sometidos por parte de todos. Viajamos en avión hasta el norte de Alemania y allí cogimos el crucero. Era el típico navío que vemos en los folletos de propaganda: enorme, lujoso, con varios pisos, piscinas, parques infantiles, tiendas, restaurantes, casino, zona de espectáculos, etc. Un viaje de ricos, que yo jamás podría darme el lujo de disfrutar, más si cabe, contando el despilfarro importante en mis finanzas que supuso el pagar a mi abogado. André, posiblemente, contando con un cheque gordo del seguro de vida de Sofía, decidió pagar todo.

Viajamos en un magnífico camarote, con dos habitaciones, un pequeño salón y un espacioso balcón desde el cual disfrutábamos de soberbias vistas. El recorrido del crucero nos llevó hasta el sur de Noruega, después Gotemburgo, contorneamos Dinamarca con paradas en Malmö y Copenhague y avanzamos por el Océano Báltico, con paradas en Lituania, Letonia, Finlandia y Suecia. Más que de las propias ciudades, me quedé encantada con la naturaleza salvaje que existía en esos países;

campos verdes, los acantilados, los pequeños pueblos y la singular arquitectura de sus casas. Entendí la fascinación que André sentía por el norte de Europa, la paz que le transmitían sus paisajes y deseé que aquel viaje jamás terminase. Marcos estaba feliz, corriendo por el enorme crucero, siempre con ganas de mostrarnos nuevos sitios que había descubierto dentro de la colosal embarcación. Yo ya me encaminaba para el séptimo mes de embarazo, y ya me sentía cansada al caminar, mis pies se hinchaban fácilmente y sentía mareos esporádicos. Aun así, fueron unas vacaciones excepcionales, que nos unieron como familia y nos prepararon para la llegada de un nuevo elemento en la estirpe.

El tiempo pasó, nuestra hija Leticia nació y yo tuve que volver a trabajar. André y yo empezamos a tener nuestras rutinas, prácticamente pasábamos todo el día juntos, tanto en el trabajo, como en casa. El detective Oscar dejó de perseguirme. El asesinato de Sofía de Carvalho pasó a la historia, a archivo muerto, hasta que en diciembre de 2018, sucedió   algo.

VI

Durante todo ese tiempo, André nunca me preguntó si yo estuve involucrada en la muerte de su exmujer y cuando Marcos preguntaba a su padre dónde estaba su madre, André contestaba: "está en el cielo, en paz".

- Papá, ¿Cuándo murió, sufrió mucho? ¿Quién la mató? ¿Por qué?

- No sabemos quién la mató, ni por qué, pero no fue doloroso, simplemente se quedó dormida.

Eran momentos muy incómodos, un niño encantador como Marcos, huérfano de madre, con dudas posiblemente traumáticas, cometidas por mí, en un acto de puro egoísmo.

En la navidad de 2018, hacíamos dos años desde el inicio de nuestra relación, en aquella cena navideña de empresa. Para celebrar esa fecha, decidí ofrecer un regalo a André, que planeé durante mucho tiempo. Él se encontraba en su oficina, con su portátil encima de la mesa y rodeado de facturas, había traído trabajo a casa. Nuestra hija de trece meses jugaba en el suelo, con su hermano vigilándole y jugueteando con ella. Me acerqué a él y le dije:

- No sé si sabes, pero hoy hacemos dos años juntos. Hace precisamente dos años, tuvimos la cena de la empresa.

André dejó de mirar a la pantalla del ordenador, se quitó las gafas y me dio un fuerte abrazo.

- Qué bien, ¡dos años! Qué buena memoria tienes para estas cosas. Mira allí el resultado. – Y apuntó con la mirada a Leticia, que se reía y huía de su hermano, los dos salieron de la oficina.

- Te compré un regalo, André. Espero que te guste.

- ¿De verdad? ¿Un regalo antes de navidad? No hacía falta.

Le di un sobre. André lo abrió, y vio un billete de avión para agosto del próximo año a Islandia y además entradas para ver a su banda preferida, Sigur Ros, en vivo, en la tierra natal de la banda, en un pequeño pueblo en medio de la naturaleza.

Se quedó emocionado con el regalo, me besó y volvió a darme un abrazo; para mejorar el momento, por casualidad, empezó a sonar *Isjaki* de Sigur Ros. Me miró durante un rato, con un semblante pensativo y me dijo:

- Yo también tengo una cosa para ti. – Abrió un cajón de la mesa y sacó dos sobres.

A lo largo de la mesa, empujó el primer sobre en mi dirección.

- Ábrelo, por favor.

- ¡Qué misterio! ¿Qué es?

- Abre y verás, Marina.

Abrí el sobre y vi un cheque con su nombre como beneficiario de 230 mil euros, proveniente de una aseguradora. Me llevé la mano a la boca. ¡Tanto dinero! Durante casi dos años, André estuvo peleándose con el seguro para que éstos le pagasen, y finalmente había llegado el dinero. Bastante más de lo que esperábamos.

- Quiero que la mitad vaya a la cuenta bancaria de Marcos, la otra mitad será para amortizar la hipoteca de esta casa.

Asentí con la cabeza en señal de aprobación y apunté al otro sobre que guardaba.

- ¿Y ese es para mí?

- Sí, lo es. – Y con el mismo movimiento lo acercó de nuevo a mí.

Ese sobre era más gordo, tenía fotografías dentro. Lo abrí y saqué las fotos. Miré al primer retrato y me quedé helada, sentí que las piernas me fallaban e incluso algún mareo. Deje de oír la música y ahora oía un pitido agudo. ¿Cómo tuvo acceso a esas fotos? ¿Desde cuándo las tenía en su poder?

Las fotografías remontaban a alrededor de veinte años atrás, cuando yo me apunté a una organización ambientalista, que los fines de semana, hacía caminatas, identificaba aves, plantaba árboles en zonas incendiadas y limpiaba playas y zonas verdes. Ahí estaba yo, con algunas amigas de la organización en el Alto de Colaride, junto a la fuente romana, con bolsas de plástico y utensilios de limpieza. La elección del lugar del crimen se debió al hecho de haber conocido la zona perfectamente, hace muchos años y tanto el terreno, como las zonas circundantes, no tenían ninguna relación conmigo en el presente, exccpto, por supuesto, por esas fotos de las que ya no recordaba su existencia. Posiblemente obtuvo los retratos cuando se dio la mudanza o tal vez, un día, ojeando en algún cajón o caja, las encontró por casualidad.

Rápidamente mi instinto de supervivencia sobresalió. Aquello no probaba nada, solo que yo conocía el lugar, hecho que había ocultado a la policía. No era prueba de nada. Le miré y vi que estaba quieto, estudiando mi reacción, con aire concentrado, avanzó hacia mí y me susurró al oído:

- Siempre supe que habías sido tú. Ha sido la mayor prueba de amor jamás hecha.

De nuevo me abrazó y el pitido desapareció, volví a oír la melodía de la banda islandesa. Apoyé mi cabeza en su pecho y dejé que él me acariciase el pelo, sentí que la enorme carga que llevaba conmigo se había evaporado. André me quitó las fotografías y los negativos de las mismas, y colocó todo en el cenicero que había junto a la ventana. Con el mechero quemó todo y me miró con una sonrisa benevolente, yo seguía en medio de la sala sin saber qué hacer.

- Eres una mujer muy valiente, Marina.

Nuca más volvimos a hablar sobre el asesinato. A veces, cuando estamos solos o con algún grupo de amigos, podemos hacer algún chiste privado sobre el tema, acompañado por miradas cómplices, pero él nunca me preguntó directamente detalles o pormenores de ese día o de todo el planteamiento.

VII

Ahora, desde el presente, miro hacia atrás y a veces, me pregunto ¿Cómo fui capaz? ¿Cómo pude yo acabar con la vida de otro ser humano? ¿Mereció la pena? ¿Habría otras alternativas? Me hago estas preguntas frecuentemente, sobre todo en noches de insomnio, en las que me paseo por la casa y siempre tengo miedo de encontrarme con el fantasma de Sofía. En esas noches, en las que no puedo dormir, deambulo en la oficina de André mirando una ciudad dormida, oscura y recuerdo una y otra vez el momento en el que inyecté la jeringa en el cuello de Sofía y su grito hace eco en mi cabeza, su imagen en llamas insiste en mantenerse inalterada. Como me gustaría borrar esas memorias de mi cerebro. En estas noches, tengo miedo de volverme loca y al igual que mi madre, me tomo medicamentos para dormir, para huir de la dura y cruel realidad de aquello que sucedió, de aquello que hice. A veces, sueño que el detective Oscar encuentra una nueva pista o simplemente corre tras de mí y yo intento escapar, pero en mis sueños no existe la ley de la gravedad y yo, en vez de correr, salto y salto hasta que el detective me coge y me despierto.

¿Mereció la pena? La respuesta definitivamente es que sí. Conseguí lo que quería: estar con el hombre que amo y tener una familia con él. La pasión y la locura que sentí por André dieron lugar al compañerismo, admiración y a un amor saludable y sincero. Naturalmente que caemos en nuestras rutinas, tenemos discusiones, pero nos respetamos mutuamente, sin intentar que nuestra opinión predomine siempre. Aun así, tengo mis inseguridades, a veces, agradezco haberme quedado embarazada antes de asesinar a Sofía, esas inseguridades hacen que yo tenga miedo de que él me pueda engañar con alguna mujer más joven, alguna Natacha. Esporádicamente, caigo en la tentación de mirar su correo electrónico o su móvil. Sería una enorme desilusión pillarle *in fragranti* en otra relación, posiblemente preferiría no saberlo si eso ocurriera.

Lógicamente, sabiendo el resultado y mirando atrás, por supuesto que haría lo mismo. Es posible cometer un crimen sin ser atrapado, pero no es nada sencillo. Hace falta mucha planificación, organización, información sobre el comportamiento de la policía, ningún detalle debe ser dejado de lado, cualquier paso en falso puede ser fatal. Por mucho que creamos que tenemos la situación controlada y estudiada, habrá siempre cables sueltos que nos podrían llevar a la cárcel.

Siento una enorme deuda con Marcos, por mucho que yo intente convencerme de que Sofía era una mala madre y que yo intente sustituirla de la mejor manera posible, yo sé que maté a su madre y soy su madrastra. Mi amor por Marcos es idéntico al amor que siento por Leticia, intento siempre tratar a los dos con el mismo cariño y frecuentemente, en alguna pelea o discusión, defiendo y protejo más a Marcos de una forma inconsciente. A menudo, me llama madre y yo nunca tuve problemas en llamarle hijo. Es posible que él, en el futuro, pueda barajar la hipótesis de que su padre y yo tuvimos alguna relación con la muerte de su madre, naturalmente un día hará cuentas y verá que su hermana fue concebida con su madre aún viva. Es probable y natural que nos confronte con esa presunción. Pero tanto su padre como yo le dimos una educación con principios claros entre el bien y el mal, que el fin no justifica los medios, que el mal y el crimen no compensan, pero también, siempre le dije que hay que luchar por aquello que queremos y acreditamos, aunque, a veces, tengamos que ser egoístas.

La razón principal que me llevó a cometer el asesinato fue la esperanza. La esperanza de que André fuese mi alma gemela, la ilusión de tener una familia hecha a mi medida, la fe en encontrar a alguien parecido a mí, que me entendiese y me mostrase algún sentido a esta vida y a este mundo, alguien que me convenciese del sentido de traer a este planeta una vida humana y llenarla de sueños y esperanzas.

Alguien dijo que el crimen no compensa; es posible que ese alguien haya sido preso, porque a mí, sí, me compensó.

FIN

Este libro no sería posible sin la ayuda de: Unai Sasoain, Edurne Blas y Leire Hinojal. Eskerrik asko hiruei laguntzagatik eta motibazioagatik, hurrengoan euskaraz egingo dugu. Gracias también a Rui Rações y Ezkide Oteiza.

Gonçalo JN Dias nació en Lisboa en el año 1977 y es Licenciado en Ciencias Ambientales por el Instituto Politécnico de Castelo Branco. Actualmente vive en el País Vasco. Sus libros son traducidos a varios idiomas.

LIBROS DEL AUTOR

Ciencia Ficción

Trilogía El Buen Dictador:

Parte I – El Nacimiento de un Imperio (2017)

Parte II – La Expansión (2019)

Parte III – La Sucesión (2021)

Novelas & Policíacos

Manual de un Homicidio (2018)

Amor y Miedo en el Camino Santiago (2020)

La Paradoja de la Vida (2022)

Autobiográficos

Memorias de un Porreta (2020)

Memorias de un Adolescente Suburbano (2021)

Manufactured by Amazon.ca
Bolton, ON

33438681R00069